www.ingramcontent.com/pod-product-compliance
Lightning Source LLC
LaVergne TN
LVHW020446070526
838199LV00063B/4863
9788119022748

ہمارا گھر

(بچوں کا ناول)

مصنف:

کرشن چندر

© Taemeer Publications
Hamara Ghar *(Kids Novel)*
by: Krishan Chander
Edition: January '2023
Publisher & Printer:
Taemeer Publications, Hyderabad.

ISBN 978-81-19022-74-8

مصنف یا ناشر کی پیشگی اجازت کے بغیر اس کتاب کا کوئی بھی حصہ کسی بھی شکل میں بشمول ویب سائٹ پر اَپ لوڈنگ کے لیے استعمال نہ کیا جائے۔ نیز اس کتاب پر کسی بھی قسم کے تنازع کو نمٹانے کا اختیار صرف حیدرآباد (تلنگانہ) کی عدلیہ کو ہو گا۔

© تعمیر پبلی کیشنز

کتاب	:	ہمارا گھر
مصنف	:	کرشن چندر
صنف	:	ادب اطفال
ناشر	:	تعمیر پبلی کیشنز (حیدرآباد، انڈیا)
زیر اہتمام	:	تعمیر ویب ڈیولپمنٹ، حیدرآباد
سالِ اشاعت	:	۲۰۲۳ء
تعداد	:	(پرنٹ آن ڈیمانڈ)
طابع	:	تعمیر پبلی کیشنز، حیدرآباد -۲۴
صفحات	:	۱۲۰
سرورق ڈیزائن	:	تعمیر ویب ڈیزائن

تعارف

اردو میں دوسری اصناف نثر کی طرح بچوں کا ادب برابر لکھا جارہا ہے۔ اردو کے تقریباً ہر بڑے شاعر اور بلند پایہ ادیب نے ادب اطفال کی طرف خاطر خواہ توجہ کی اور نظم و نثر میں بے شمار نگارشات چھوڑی ہیں۔

کرشن چندر بحیثیت ناول نگار اردو فکشن میں اہم مقام رکھتے ہیں۔ انہوں نے بچوں کے لئے فنطاسیہ، مہماتی اور سائنس فکشن تخلیق کیا ہے۔ انہوں نے اپنی ایسی نگارشات میں بھی شعریت آمیز نثر استعمال کر کے، ان کو دلچسپ، خوبصورت اور زندہ جاوید بنا دیا ہے۔ کرشن چندر کی زیادہ تر کہانیاں اور ناول تمثیلی اور طنزیہ ہیں جن میں مزاح کی لطیف چاشنی سے مقصدیت کو خوشگوار بنایا گیا ہے۔ ان کی تخلیقات، زبان، اسلوب، طرز نگارش غرض کہ ہر اعتبار سے بچوں کے مزاج اور افتادِ طبع سے ہم آہنگ ہیں۔ کرشن چندر بچوں کی نفسیاتی پیچیدگیوں، ذاتی ضروریات اور دلچسپیوں کا پورا پورا خیال رکھتے ہیں۔

کرشن چندر کے زیر نظر ناول "ہمارا گھر" کی شروعات اسکول کی طرف سے جانے والے بچوں کی ایک سیر سے ہوتی ہے، جہاں ناول نگار نے بچوں کی چھوٹی چھوٹی سی چیزوں کو بہت اچھے طریقے سے بیان کیا ہے۔

تعمیر پبلی کیشنز کی جانب سے کرشن چندر کے اسی مشہور و مقبول ناول کا جدید ایڈیشن شائع کیا جارہا ہے۔

قومی یکجہتی
کے نام

بومن جی ہائی سکول کے لڑکے اور لڑکیاں پک نک کے لئے گوا جا رہے تھے، پندرہ دن کے لئے۔ سب انتظام سکول کی طرف سے کیا گیا تھا۔ بچوں کو لے جانے کے لئے ایک بڑا اسٹیمر بمبئی کی ایک گودی میں کھڑا تھا۔ پک نک کی فیس صرف پچیس روپے رکھی گئی تھی اس میں آنے جانے کا کرایہ اور پندرہ دن گوا کی سیر۔ لڑکے لڑکیاں اس پک نک پر جانے کے لئے ٹوٹ پڑے تھے۔ سٹیمر چلاّتے ہوئے، شور مچاتے ہوئے، غبار اڑاتے ہوئے سیٹیاں بجاتے ہوئے، ناچتے گاتے لڑکے لڑکیوں سے بھر اُٹھا۔ سٹیمر دو منزلہ تھا۔ اور دونوں منزلیں لڑکے لڑکیوں سے بھری ہوئی تھیں۔ اور دونوں منزلوں کے ڈیک پر کھڑے ہوئے بچے اپنے ساتھیوں کو بلا رہے تھے۔ جن کے ٹکٹ

ابھی گودی کے باہر چیک ہو رہے تھے اور جو خود جلد سے جلد سٹیمر کے گینگ پلینک پر قدم رکھنے کے لئے بے چین ہو رہے تھے۔ ساحل سے سٹیمر سے آنے والی آوازوں اور سیٹیوں کا جواب دیا جا رہا تھا۔ کنارے پر کھڑے ماں باپ پک نک پر جانے والے بچوں کو آخری نصیحتیں کر رہے تھے۔ اور بچے کچھ سنے بغیر سر ہلا ہلا کر ہوں ہاں کر رہے تھے۔ کیوں کہ ان کا دھیان پک نک میں تھا۔

گورے چٹے مگر بے حد گول مٹول رستم نے جو بومن جی ہائی سکول کا سب سے موٹا لڑکا سمجھا جاتا ہے۔ اپنے تھل تھل کرتے ہوئے دونوں بازوں کو اوپر اٹھا کر چلّا کر کہا۔ " اے سنجیوا........ جامو........ کم آن...... کم آن........"

رستم ساتویں کلاس میں پڑھتا تھا۔ اپنے دونوں دوستوں سنجیوا اور جامو کو گینگ پلینک کے قریب ہیڈ ماسٹر کو اپنے پک نک کے ٹکٹ دکھاتے ہوئے دیکھ کر خوشی سے چلانے لگا تھا۔ اس نے اپنے دونوں ہاتھوں میں رنگا رنگ غبارے تھام رکھے تھے۔

یکایک ایک ساتھ کئی غباروں کے چلنے کی آواز آئی۔
رستم نے پیچھے مڑ کر دیکھا تو وشنو تیرہ سال کا ہٹا کٹا بے حد مضبوط لڑکا جو نویں کلاس میں پڑھتا تھا اسے اپنے پیچھے کھڑا اس کے غباروں میں پن چبھو چبھو کر ہنستا ہوا نظر آیا۔ وشنو کے قریب اس کی نو سالہ بہن سدھا کھڑی خوشی سے چیخ رہی تھی۔ رستم کو غصہ آیا۔ اس نے پلٹ کر وشنو کو گھونسہ مارنا چاہا۔ مگر موٹا تھا اس لئے وشنو کے ایک ہی وار میں نیچے گر گیا۔ سب لڑکے لڑکیاں تالی بجا کر ہنسنے لگے۔
گودی سے ذرا سے فاصلے پر سونو جو پانچویں جماعت میں پڑھتا تھا۔ آہستہ آہستہ ایک گول پتھر کو اپنی چپل سے لڑھکاتا ہوا چلا آرہا تھا۔ اس نے گھر کی دھلی ہوئی خاکی قمیص پہن رکھی تھی اور ایک خاکی نیکر۔ جس پر جگہ جگہ پیوند لگے ہوئے تھے۔ اس نے اپنے کندھے پر ایک جھولا لٹکا رکھا تھا۔ گول پتھر کو لڑھکاتے لڑھکاتے سونو کے پاؤں کی چپل کی ایک کیل ابھر کر نکل آئی۔ اور سونو اس کی تکلیف کو محسوس کرتا ہوا چند قدم لنگڑا کر چلا۔ اتنے میں اس کا دوست قاسم آگیا۔ قاسم کا باپ ہاشم بھائی بھنڈی بازار کا سب سے

دولت مند تاجر تھا اور چمڑے کی دوکان کرتا تھا۔ قاسم کے پیچھے پیچھے ایک قلی آرہا تھا، جس نے قاسم کا ایک ٹرنک۔ ایک سوٹ کیس، بستر اور پھلوں کا ٹوکرا اٹھا رکھا تھا۔

سونو رک گیا۔ اور جھک کر اسی گول پتھر سے اپنی چپل کی کیل ٹھونکنے لگا۔ اتنے میں قاسم نے اس کے پیچھے آکر اس کی پیٹھ میں ایک ٹھوکا دیا اور بولا۔

"اے سونو ـــــ کیا کر رہے ہو۔ ؟"

"چپل ٹھیک کر رہا ہوں۔"

"ابے ـــــ موچی کے بیٹے کی چپل بھی کہیں خراب ہوتی ہے۔ ؟"

ہائی سکول میں سب جانتے تھے کہ سونو ایک موچی کا بیٹا ہے۔ سونو کا باپ شامو کیکاؤس ایرانی ریستوران کے باہر فٹ پاتھ پر بیٹھ کر چپلیں گانٹھتا تھا۔ اور فرصت کے وقت سونو بھی اپنے باپ کی مدد کیا کرتا تھا۔ سونو محنت کی کڑی زندگی سے بچپن ہی میں آگاہی حاصل کر چکا تھا۔ اور جب لڑکے اسے موچی کا بیٹا کہہ کر بلاتے تھے تو اسے برا نہیں لگتا تھا۔ کیوں کہ وہ تھا ہی موچی کا لڑکا، لیکن کلاس میں سب سے

ہوشیار تھا۔ پڑھائی میں اور کھیل میں بھی وہ کسی کو اپنے سامنے ٹکنے نہیں دیتا تھا۔ اس لئے اس نے بڑے اطمینان سے مسکرا کر کہا۔

"سنو قاسم! موچی کے بیٹے کی چپل ہی سب سے زیادہ خراب ہوتی ہے۔"

قاسم ہنسنے لگا۔ اس نے بڑے پیار سے سونو کے کندھے پر ہاتھ رکھ دیا۔ کیوں کہ دونوں بڑے گہرے دوست تھے۔ اور بولا۔

"میں سمجھتا تھا تو نہیں آئے گا۔"

سونو بولا "میں بھی سمجھتا تھا میں نہیں آؤں گا۔"

"پھر کیسے آگیا۔؟"

"باپو نے پیسے دے دیئے۔!"

"کتنے۔؟"

سونو نے قاسم کو پانچ روپے کا نوٹ دکھایا۔

قاسم بولا۔ "مگر یہ تو صرف پانچ روپے ہیں، اور پکنک کی فیس پچیس روپے ہے۔"

سونو بڑے سکون سے بولا۔ "اپنے پاس تو صرف یہی

پانچ ہیں اور اسی پانچ روپے ہیں ـــــــ میں گوا دیکھ کے آؤں گا۔ چاہے پیدل ہی جانا پڑے۔"

قاسم ایک لمحے کے لئے چپ ہو گیا، اور اس نے اپنی جیب سے دس کا نوٹ نکالا اور اسے آگے بڑھاتے ہوئے بولا۔ "ابا نے مجھے پینتیس روپے دئے ہیں۔ یہ دس زیادہ ہیں۔ تو لے لے۔"

سونو بولا۔ "تو اب پندرہ ہو گئے.......
باقی ٹیچر سے کہیں گے ادھار کر لیں۔!"

"ہاں یہ ٹھیک ہے........ مگر تیرا بستر کہاں ہے؟"

"نہیں ہے۔" سونو نے جواب دیا۔

"اور تھیلا۔؟" قاسم نے پوچھا۔

"یہ کیا ہے۔؟" سونو نے اپنے تھیلے کو دکھاتے ہوئے کہا۔

قاسم تھیلا دیکھ کر بولا۔ "بھاری لگتا ہے۔ اس میں کیا ہے۔؟"

"مٹھائی!" سونو کی آنکھیں خوشی سے چمکنے لگیں۔

"ہاں!" سونو بولا "بہت سی رکھی ہے۔ ہاتھ ڈال

کے نکال لے۔"

قاسم نے جلدی سے ہاتھ ڈالا تو تھیلے کے اندر سے چیاؤں چیاؤں کی آواز بلند ہوئی اور کتے کا ایک چھوٹا سا پلا اس کے ہاتھ میں آگیا۔ قاسم کے منہ سے بے اختیار نکلا۔

"ارے! یہ کیا ہے۔؟"

سونو زور سے ہنستے ہوئے کہنے لگا۔

"مٹھائی ہے۔ کھالے۔ کھالے۔!"

قاسم ایک لمحے کے لئے شرمندہ ہوگیا۔ پھر اپنی جھینپ مٹانے کے لئے بولا۔

"کیا یہ کتا بھی تیرے ساتھ جائے گا۔؟"

"ہاں۔!"

"کیسے۔؟"

سونو نے کتے کو قاسم کے ہاتھ سے لے کر واپس تھیلے میں چھپا کر رکھا۔

"ایسے۔!"

دونوں دوست ہنستے ہوئے آگے بڑھے۔ تو اماں نہیں

وشنو مل گیا۔ جو اسٹیمر سے اتر کر اپنا سامان لینے آیا تھا جو اس کے گھر کے دو نوکر اٹھائے ہوئے چلے آ رہے تھے۔ وشنو قاسم کا ہم جماعت تھا۔ اس لئے قاسم سے ہاتھ ملا کر کہا۔

"ہیلو قاسم !"

"ہیلو وشنو !پھر قاسم نے وشنو کے ساز و سامان کو دیکھ کر پوچھا" اتنا سامان ؟"

سونو بے دھڑک بول اٹھا۔" ہاں معاملہ خطرناک معلوم ہوتا ہے۔ کیونکہ اتنا سامان تو آج کل سمگلر بھی نہیں لے جاتے۔ !"

وشنو کو غصہ آگیا۔ سونو کی طرف دیکھ کر غصہ سے بولا۔

"مجھے سمگلر بتاتا ہے ـــــ ٹھہر تو سہی موچی کے بیٹے !"

وشنو سونو کے پیچھے دوڑا۔ مگر سونو لپک کر گینگ پلینک کے قریب اپنے سکول کے ہیڈ ماسٹر سے باتیں کرنے لگا۔ اور اسے پندرہ دے کر باقی دس کا ادھار مانگنے لگا۔ مگر ہیڈ ماسٹر نے انکار کر دیا۔ اگر سونو ادھار لے گا تو باقی لڑکوں کو کیوں نہ ادھار دیا جائے۔ اور اس پک نک پر سکول کی

پک نک۔ کمیٹی اپنی طرف سے بھی سینکڑوں روپے خرچ کر رہی تھی۔
ہیڈ ماسٹر نے سونو کو سمجھایا اور سونو ایک طرف الگ کھڑا ہو کے
اداسی سے ان لڑکوں کو دیکھنے لگا۔ جو پچیس روپے دیکر اپنا
ٹکٹ لے کر سٹیمر کے اندر جا رہے تھے۔ قاسم اس کے پاس کھڑا
رہا۔ دونوں کی سمجھ میں نہ آرہا تھا کہ کس طرح سونو کو سٹیمر
کے اندر لے جایا جائے۔

بچے خوشی سے تالیاں بجانے لگے۔ کیونکہ سٹیمر جانے کی
تیاری میں پہلی سیٹی بجا رہا تھا۔ سٹیمر کا سائرن چاروں طرف
سمندر کے پانیوں میں دور دور تک گونج گیا اور بچے خوشی سے
چلانے لگے۔

سونو نے مونہہ پھیر لیا۔ اس کی آنکھ میں آنسو تھے

"قاسم" ہیڈ ماسٹر نے ذرا تلخی سے پوچھا۔ "تم
آرہے ہو کہ نہیں۔؟"

"آیا سر ۔۔۔!" کہہ کر قاسم ہیڈ ماسٹر کی طرف
لپکنے کو تھا کہ سونو کے دل میں ایک خیال آیا۔ اور اس خیال
کے آتے ہی اس نے قاسم کو دامن سے پکڑ کر روک لیا۔ اور
اس کے کان میں کچھ کہا۔ سنتے ہی قاسم کا چہرہ خوشی سے کھل

گیا۔ اس نے سونو کا ہاتھ زور سے دبا کر اسے الوداع کہی اور گینگ پلینک پر دوڑتا ہوا اسٹیمر کے اندر چلا گیا۔ اور سونو ہاتھ ہلا کے گودی کے دوسری طرف چلا گیا۔ جہاں بہت سے مچھیروں کی کشتیاں سمندر میں مچھلی پکڑنے کے لیے جانے کی تیاریاں کر رہی تھیں۔ سونو نے ایک مچھیرے سے کچھ بات چیت کی اور اسے پانچ روپے کا نوٹ دیا۔ نوٹ دیکر مچھیرے نے اپنی کشتی کے بادبان کھول دئے اور اسے کھے کر سٹیمر کے دوسری طرف لے گیا جہاں سے نہ گودی کا کنارہ نظر آتا تھا۔ نہ گینگ پلینک، نہ ٹیچر، نہ ہیڈ ماسٹر، نہ بچوں کو سٹیمر پر چڑھانے والے ماں باپ نظر آتے تھے۔ سٹیمر کے ڈیک پر کھڑے لڑکوں کی نگاہیں بھی دوسری طرف تھیں۔ وہ سب گودی کے کنارے کی گہما گہمی دیکھ رہے تھے۔

یکایک سونو کو قاسم سب سے اونچے اوپر کے ڈیک پر نظر آیا۔ اس نے مچھیرے کی کشتی میں بیٹھے ہوئے سونو کو دیکھ کر خوشی سے ہاتھ ہلایا۔ اور چپکے سے اوپر کے ڈیک کے پچھواڑے سے ایک لمبا رسہ ہاتھ میں لے کر اس کا ایک سرا پانی میں پھینک دیا۔

رسے کے پانی میں گرتے ہی سونو نے اپنے تھیلے کو اپنے سر پر باندھ کر پانی میں چھلانگ لگا دی اور تیرتا ہوا اسٹیمر کی طرف بڑھنے لگا۔

سٹیمر نے آخری بار سائرن بجایا اور ہولے ہولے اپنی جگہ سے ہلنے لگا۔

سونو نے رسے کو نیچے سے پکڑ لیا اور بندر کی طرح رسے پر چڑھ کر اوپر کے ڈیک پر پہنچ گیا۔ مگر عین اسی وقت وشنو اور بہت سے لڑکوں نے اسے رسی کے ذریعہ ڈیک پر آتے دیکھ لیا۔ اور وشنو چلا چلا کر کہنے لگا۔

"پکڑو۔ پکڑو۔ یہ سونو موچی کا بیٹا پیسہ دئے بغیر پک نک پر جا رہا ہے۔"

ایک ٹیچر نے سونو کو دیکھ لیا۔ وہ سو کے پیچھے بھاگا۔ سونو نے جلدی سے اپنا تھیلا قاسم کے ہاتھ میں دیا اور لڑکے لڑکیوں کے جھنڈ میں غائب ہو گیا۔ مگر ٹیچر بھی کہاں چوکنے والا تھا۔ وہ سونو کا پیچھا کرنے لگا۔ آخر جب اوپر کے ڈیک سے نیچے کی ڈیک کی سیڑھیوں پر جا رہا تھا تو اوپر سے ٹیچر نے اور نیچے سے ہیڈ ماسٹر نے آتے ہوئے سونو کو سیڑھیوں کے بیچ میں پکڑ لیا۔

کان سے پکڑ کر وہ اسے اوپر کے ڈیک پر لے آئے۔ چھڑی لے کر سونو کی دھنائی کرنے ہی والے تھے کہ سونو نے دونوں ہاتھ جوڑ کر کہا۔

"آل رائٹ سر! آل رائٹ سر!! ابھی پکنک کے پیسے دیتا ہوں۔ پورے پچیس روپے دیتا ہوں۔"

"کیسے؟" ہیڈ ماسٹر نے پوچھا۔

سونو نے دس روپے دے کر کہا۔ "یہ لیجئے دس روپے"

"اور باقی؟" ہیڈ ماسٹر نے پوچھا۔

باقی محنت مزدوری کر کے دیتا ہوں۔"

"وہ کیسے۔؟" ٹیچر اس کا کان پکڑ کر بولا۔

"کان چھوڑئیے ابھی بتاتا ہوں۔"

ٹیچر نے سونو کا کان چھوڑ دیا۔ سارے بچے چپ چاپ کھڑے سونو کی طرف دیکھ رہے تھے۔ کچھ بچے سونو کی حالت دیکھ کر خوش تھے۔ کچھ اداس بھی تھے۔ سونو نے قاسم کے ہاتھ سے اپنا تھیلا لیا۔ بڑی احتیاط سے اس میں ہاتھ ڈالا اور ایک ایک کر کے پالش کرنے والا سارا سامان نکالا اور برش اور ڈبیہ ہاتھ میں لے کر بولا۔

سنو سنو میرے بھائی۔ میں کرتا ہوں جوتے کی چمکائی۔

سونو جوتے پالش کرنے لگا۔ چم چم جوتے چمکتے گئے اور سونو کی تھیلی میں پیسے اکٹھے ہوتے گئے۔ یہ اس کی محنت کے پیسے تھے۔

آج تک سونو نے اپنے سکول کے لڑکوں کے جوتے نہیں چمکائے تھے۔ ایک جھجھک سی تھی۔ آج وہ بھی نکل گئی۔ سچی محنت میں شرم کس بات کی ہے۔؟

پک نک پہ جانے والے لڑکوں اور لڑکیوں نے بھی سونو کی بہادری اور ہمت اور دلیری کو پسند کر لیا تھا۔ سب کا جی چاہتا تھا کہ اب سونو ان کے ساتھ پک نک پہ جائے۔ اس لئے وہ سب بڑھ چڑھ کر اپنے جوتوں پہ پالش کرا رہے تھے

جن کے جوتوں پر ابھی صبح ہی پالش ہو چکی تھی وہ پھر سے اپنے جوتوں پہ پالش کرا رہے تھے۔ کچھ ایسا لگتا تھا جیسے اس وقت سونو سے پالش نہیں کرا رہے ہیں۔ سونو سے ہاتھ ملا رہے ہیں۔

بہت جلدی باقی روپے اکٹھے ہو گئے اور سر کو ادا کر دے گئے۔ ٹیچر نے سونو کو گلے سے لگا لیا۔ اور اس کے مضبوط ارادے کی تعریف کرنے لگا۔ دوسرے بچوں نے بہت جلد سونو کو گھیر لیا اور خوشی سے اس کے ساتھ ناچنے اور گانے لگے۔ اور تالیاں بجانے لگے۔ دشنو اور اس کے چند ساتھی البتہ الگ الگ سے رہے۔ یہ وہ لڑکے تھے جو سونو کو اپنے سے کم تر سمجھتے تھے، مگر سونو ان کی پروا نہیں کرتا تھا۔

دن ہنسی خوشی میں بیت گیا۔ اور بچوں کا دل سمندری نظاروں سے بہلتا رہا۔ پھر رات آگئی اور سونو اور قاسم نے اوپر کے ڈیک پر اپنے سونے کے لئے ایک اچھی جگہ تلاش کر کے اسے اپنے قبضے میں لے لیا۔ قاسم نے اپنا آدھا بستر سونو کو دے دیا۔

وہ دونوں اپنا اپنا بستر لگا رہے تھے کہ دشنو وہاں پہنچ گیا اور جھگڑا کرنے لگا۔ "یہ کونہ میرا ہے۔ اپنے بستر اٹھاؤ یہاں سے۔ میں یہاں سوؤں گا۔"

قاسم اور سونو کو بہت غصہ آیا۔ حالاں کہ دشنو ان دونوں سے تگڑا تھا۔ مگر وہ دونوں مل کر اس کا مقابلہ تو کر سکتے

تھے۔ قاسم لڑنے کے موڈ میں تھا۔ مگر سونو نے معاملہ کو ٹال دیا۔ پک نک کے پہلے پہلے دن لڑنا اسے اچھا نہیں لگا۔ اس لئے سونو نے اپنا بستر لپیٹ لیا۔

"مگر کیوں۔؟" قاسم بولا۔ "یہ جگہ ہماری ہے۔ ہم کیوں ہٹیں گے یہاں سے۔؟"

"آؤ نا!" سونو قاسم کا بستر بھی لپیٹتے ہوئے بولا۔ "اس جگہ پر وشنو کو سونے دو۔ ہم ڈیک کے کسی دوسرے کونے میں سو جائیں گے۔ بہت جگہ خالی پڑی ہے۔ اور اس جگہ کوئی سونے کے تیرے نو جڑے نہیں ہیں۔!"

قاسم مان تو گیا مگر بد دلی سے۔ وہ بھی اپنا بستر اٹھا کر سونو کے ساتھ وہاں سے چلا گیا۔ وشنو نے ایک فاتحانہ مسکراہٹ سے وہاں اپنا بستر بچھا لیا۔ حالاں کہ بات صرف اتنی تھی کہ قاسم اور سونو جھگڑا پسند نہ کرتے تھے۔

قاسم اور سونو وہاں سے ہٹ کر ڈیک کے دوسرے کونے میں جا کر لیٹ گئے۔ آسمان پر تارے نکل آئے تھے، چاروں طرف اندھیرا چھا گیا تھا۔ اسی کالے اندھیرے میں دور اوپر آسمان پر تارے بھی بچوں کی طرح کسی ڈیک پر لیٹے ہوئے آنکھیں جھپکا

رہے تھے۔ شاید وہ بھی ہماری طرح کسی پکنک پر جا رہے ہیں۔

سونو نے اپنے دل میں سوچا۔ اور پھر دھیرے سے اس کی آنکھیں نیند سے بوجھل ہونے لگیں۔ اس وقت اس کے کانوں میں سمندر کی لہروں کا دھیما دھیما شور تھا۔ جس میں اس کا سٹیمر چگ چگ کرتا ہوا آہستہ آہستہ چل رہا تھا۔

جب وہ جاگا تو سٹیمر بڑے زور سے ہچکولے کھا رہا تھا اور اس کے سر پر بارش کا تڑ تڑا بڑے زور سے پڑ رہا تھا۔ بادل زور سے گرج رہے تھے اور رہ رہ کر بجلی کوند جاتی تھی۔ سمندر کی لہریں طوفانی تھیں۔

بڑی بڑی اونچی لہریں خوفناک رفتار سے آگے بڑھتی تھیں اور دھماکے دار آواز میں گرجتی ہوئی سٹیمر سے ٹکرا جاتی تھیں۔ آسمان سے بارش گر رہی تھی، اور سمندر سے لہروں کی اچھال ڈیک پر آ رہی تھی۔ چاروں طرف پانی ہی پانی تھا۔ آسمان سے پانی اور زمین پر

پانی۔ سمندر میں پانی اور ڈیک پر پانی۔ سب کے بستر اور کپڑے بھیگ گئے تھے۔ چھوٹے چھوٹے بچوں اور لڑکیوں نے رونا شروع کر دیا تھا۔ کیونکہ جب لہروں کا دھماکہ ہوتا تھا۔ تو ایسے لگتا تھا جیسے ہزاروں ٹن کا کوئی ایک وزنی ہتھوڑا اسٹیمر کے جسم پر پڑ رہا ہے۔ اور ابھی کوئی دم میں یہ جہاز ٹوٹ جائے گا۔ اور وہ سب سمندر میں غرق ہو جائیں گے۔

یکا یک نیچے جہاز میں خطرے کی گھنٹی بجنے لگی۔

ایک ٹیچر پانی میں بھیگا ہوا ایک لالٹین ہاتھ میں لئے اوپر آیا۔ اور زور سے بولا۔ "سب نیچے چلو۔ ایک دم جہاز چھوڑ دینا پڑے گا۔ جہاز میں پانی بھر رہا ہے۔ اور....."

اس سے آگے کسی نے کچھ نہیں سنا۔ ہوا کا ایک زور کا فراٹا آیا۔ اور سمندری لہروں کی ایک غضب ناک اچھال آئی اور لالٹین بجھ گئی۔ اور ٹیچر ڈیک پر گھٹنوں کے بل گر پڑا۔

ہوا اتنی تیز تھی کہ اس کے سامنے کوئی ڈیک پر کھڑا نہیں ہو سکتا تھا۔ سونو اور قاسم گھٹنوں گھٹنوں ایک دوسرے کے ساتھ ساتھ چلتے ہوئے گھسٹتے ہوئے، پھسلتے ہوئے کسی نہ کسی طرح اوپر کے ڈیک سے نیچے پہنچ گئے۔

سونو کو ایسا لگا جیسے وہ کوئی خوف ناک خواب دیکھ رہا ہو۔ بچوں بچوں کی چیخیں اور طوفان کی آوازیں۔ ملاحوں کا چلانا اور کپتان کا بھاگ کر حکم دینا۔ لائف بوٹ کا باہر نکالا جانا۔ سمندر کی گرج اور بادلوں کی کڑک اور بجلی کا لپکتا ہوا خطرناک کوندا، اور جہاز کا جھٹکے دے دے کر ڈولتے جانا۔ لالٹینوں کی روشنیاں اور الجھے ہوئے بالوں والے چہرے اندھیرے میں کہیں کہیں نظر آتے ہوئے......

یہ کوئی خوف ناک سپنا ہی تو ہے۔ شاید......

سونو اتنا سہم گیا تھا کہ اسے ٹھیک سے معلوم نہ تھا کہ اس کی نظروں کے سامنے کیا ہو رہا ہے۔ وہ کب جہاز پر تھا۔ کب لائف بوٹ میں بیٹھا اور کیسے؟ اس کی سمجھ میں کچھ نہ آیا۔ یکایک اس نے دیکھا کہ دو ملاح اس کی لائف بوٹ میں گھسنے کی کوشش کر رہے ہیں۔ مگر سمندر کی ایک بہت بڑی لہر انہیں بہا لے گئی۔ اور پھر ایک دوسری سمت سے آئی ہوئی لہر سونو کی لائف بوٹ کو جو بچوں سے کھچا کھچ بھری ہوئی تھی، جہاز سے بہت دور لے گئی۔!

یکایک ایک زور کا کڑاکا ہوا۔ بجلی کی روشنی میں چند

لمحوں کے لئے اپنا جہاز نظر آیا جو بپھری ہوئی لہروں کی اوٹ میں ڈول رہا تھا۔ پھر چاروں طرف اندھیرا چھا گیا۔

لائف بوٹ میں بکھرے ہوئے بچے اپنے آپ کو بے آسرا پاکر رونے لگے۔ واقعی بڑی خطرناک حالت تھی۔ لہروں کے دھکے سے لائف بوٹ ادھر سے ادھر، دائیں سے بائیں اور بائیں سے دائیں طرف کو ہچکولے کھاتی جاتی تھی اور ڈوبنے کے قریب ہو جاتی تھی۔ سمندر مہیب اور کالا تھا۔ اور انہیں بچانے والا کوئی نہ تھا۔ اس پر گھبراہٹ کا یہ عالم تھا کہ اگر سمندری لہر دائیں طرف سے آتی معلوم ہوتی تو بچے خوف سے گھسٹ کر بائیں طرف بوٹ کے چلے جانے کی کوشش کرتے اور بائیں طرف کی لہر سے بچنے کے لئے دائیں طرف کو پھسل جاتے اور اسی کوشش میں ایک دوسرے کو کچلنے لگتے۔ اور زیادہ زور زور سے رونے لگتے ــــــــ جب کشتی ان کی حماقت سے بالکل ایک طرف کو ڈولنے لگتی تو دوسری طرف بھاگ کر آنے کی کوشش کرتے۔ تو پھر کشتی خطرناک طریقے سے دوسری سمت کو جھک جاتی۔

سونو غصے سے چلایا۔ "ہر کوئی اپنی جگہ بیٹھا رہے۔

اور دائیں سے بائیں یا بائیں سے دائیں جانے کی کوشش نہ کرے نہیں تو کشتی ڈوب جائے گی۔"

"ڈوب تو رہے ہیں ہم!" بہت سے بچے ایک دم روکر بولے۔

"اور اب ڈوبنے میں کسر کیا رہی ہے۔؟"

لائف بوٹ بڑے خطرناک طریقے سے ڈول رہی تھی۔ طوفان نے سمندر کی ہموار سطح کو اتنا اونچا نیچا کر دیا تھا کہ کبھی تو بچوں کی کشتی کسی پہاڑ کی طرح اونچی لہر کی چوٹی پر نظر آتی تو دوسرے لمحہ میں سرک کر نیچے پاتال میں نظر آتی تو تیسرے لمحہ میں پھر کسی لہروں والی گھاٹی پر چڑھتی دکھائی دیتی۔ خوف سے بچوں کا دل بیٹھا جا رہا تھا۔ جب چاروں طرف طوفان بہت زوروں پر تھا۔ اور جب چاروں طرف بچے رو رہے تھے اور سمندر کے تھپیڑے چاروں طرف سے لائف بوٹ پر پڑ رہے تھے۔ اس وقت یکایک ایک چھوٹی سی بچی کے دل میں ایک خیال آیا۔ اور اس خیال کے آتے ہی وہ اس کشتی میں دوزانو ہو کر بیٹھ گئی اور دونوں ہاتھ اوپر آسمان کی طرف اٹھا کر خدا سے دعا مانگنے لگی۔

اس لڑکی کا نام حسنہ تھا اور اس کی عمر آٹھ سال کی تھی۔
اسے دعا مانگتے دیکھ کر وشنو کی بہن سدھا کو بھی جوش آیا۔ اس نے بھی اپنے دونوں ہاتھ جوڑ دئے اور آنکھیں بند کر کے پرارتھنا کرنے لگی۔

یکایک جاموآدی واسی بھیل کا لڑکا زور زور سے گانے لگا۔ "کشتی میری بچالے، اوپر والے! او اوپر والے!!" بہت سے بچے اس کے ساتھ مل کر گا رہے تھے۔ ایک گانے کے بعد دوسرا گانا، دوسرے کے بعد تیسرا گانا۔ ان لوگوں نے شروعات تو حمد اور بھجن سے کی۔ لیکن جب اس کا اسٹاک ختم ہو گیا تو لوائے اسکاوٹ اور گرل گائیڈ کے گانوں پر اتر آئے وہاں سے پھر اپنی کتابوں کے گانوں کو یاد کر کر کے گانے لگے۔ پھر فلمی گانے۔ جو گانا جس کو یاد تھا اس نے گا دیا اور اپنے ساتھ دوسرے بچوں کو بھی شریک کر لیا۔

ساری رات گاتے رہے۔ طوفان گرجتا رہا اور بچے گاتے رہے۔ گاتے گاتے وہ اپنے دکھ درد اور مصیبت کو بھول گئے۔ ساری رات ان کی کشتی طوفانی پانیوں میں ڈولتی رہی۔ اسے دعا کا اثر کہئے کہ گیت کا جادو محض اتفاق یا قدرت

کا کرشمہ کہ اتنے بڑے طوفان میں ان کی کشتی ڈوبی نہیں مگر ڈوبتے ڈوبتے کئی بار بچی۔

ہولے ہولے طوفان کا اثر کم ہوتا گیا، لہروں کا زور کم ہوتا گیا۔ ہواؤں کے فراٹے مدھم ہونے گئے۔ صبح ہوتے ہوتے بادل پھٹنے لگے۔ سمندر شانت ہوتا گیا۔ بچوں کی کشتی پانی کی ہموار سطح پر تیرنے لگی۔

صبح کے مٹیالے اجالے میں بھیگے ہوئے، کانپتے ہوئے، دانت کٹکٹاتے ہوئے بچوں نے دیکھا کہ چاروں طرف سمندر کے بیچوں بیچ ان کی کشتی اکیلی تیر رہی ہے۔ اور سامنے چاروں طرف سمندر کے پانیوں سے گھرا ہوا ایک چھوٹا سا کنارہ نظر آرہا ہے۔ ناریل کے جھنڈوں سے گھرا ہوا پھر ایک زور کی لہر آئی، اور اس دستے کشتی ساحل کے کنارے کی چٹانوں سے ٹکرا کر ٹوٹ گئی۔ اور سارے بچے پانی میں گر گئے۔

مگر خوش قسمتی سے یہاں پانی بہت کم تھا اور سمندری لہروں کا رخ بھی اس وقت ساحل کی طرف تھا۔ اس لئے کشتی ٹوٹنے کے باوجود سارے بچے بچ گئے اور تیر کر اور گھٹنے گھٹنے پانی میں چل کر ایک دوسرے کا سہارا لیتے ہوئے

ایک دوسرے کو سہارا دیتے ہوئے وہ کنارے آن لگے۔ کنارے پر پہنچ کر ان کی ہمت نے جواب دیا۔ اور وہ سب بالکل دم ہو کر ناریل کے پیڑوں کے نیچے ریت پر اپنے جسم ڈھیلے چھوڑ کر بے سدھ ہو کر پڑ گئے۔

تھوڑی دیر بے سدھ پڑے رہنے کے بعد لڑکے لڑکیوں کو ہوش جو آنے لگا۔ تو پیٹ کی بھوک نے انہیں ستانا شروع کر دیا۔ سب سے پہلے آٹھ سال کی بچی حسنہ رونے لگی۔

"کیا ہے۔ ؟" سونو نے پوچھا۔

"بھوک لگی ہے۔" حسنہ نے سسکتے سسکتے کہا۔

"مجھے بھی۔......!" سدھا کے کانپتے ہوئے ہونٹوں سے نکلا۔

سونو کے قریب بیٹھا ہوا اس کا پلّا موتی بھی ٹیاؤں ٹیاؤں کرنے لگا۔ ریت میں دوڑ لگانے ہوئے سونو کے کتے کے سارے جسم پر گیلی ریت چڑھ گئی تھی۔ سونو نے اسے پچکارا۔ اتنے میں کسی چیز کے زور سے گرنے کی آواز سنائی دی۔

سب ڈر گئے اور جدھر سے آواز آئی تھی۔ اُدھر دیکھنے لگے۔ دیکھتے ہی وشنو لپکا۔ یہ ناریل کا پھل تھا جو اوپر سے گرا تھا۔ وشنو نے اسے اٹھا لیا۔ اور ایک پتھر پر توڑ کر اس کا پانی پینے لگا۔ اور پھر اس کا اندر کا نرم نرم، سفید سفید بالائی جیسا گودا کھانے لگا۔ ایک دم بہت سے بچے اس کے گرد اکٹھے ہو گئے اور "مجھے مجھے دو، مجھے دو" کہہ کر اس سے ناریل مانگنے لگے۔ مگر شیطان وشنو ہنستا رہا اور خود ناریل کھاتا رہا۔ اور اپنی بہن سدھا کے سوا اس نے کسی کو ذرا سا ناریل بھی نہ دیا۔ یہ دیکھ کر بھیل لڑکے جامو کو جو غصہ آیا تو وہ دوسرے لمحہ میں ناریل کے ایک پیڑ پر چڑھ گیا۔ جامو کا دوست واسنت بھی دوسرے پیڑ پر چڑھ گیا۔ دونوں اس پر سے ناریل توڑ توڑ کر نیچے پھینکنے لگے۔ وشنو بھاگ بھاگ کر ادھر سے ادھر جاتا تھا۔ مگر اوپر سے ناریل اس طرح پھینکے جاتے تھے کہ کسی طرح وشنو کے ہاتھ نہ لگیں۔ اب ہر ایک کے پاس دو دو تین تین ناریل تھے۔ مگر وشنو کے پاس ایک بھی نہ تھا۔ وشنو بہت جھلایا۔ اس نے زبردستی دو تین لڑکوں سے ناریل چھین لئے۔ ایک ناریل اس نے اپنی بہن سدھا سے بھی چھین لیا۔ مگر چوں کہ اب ہر ایک کے پاس کھانے کو بہت تھا۔

اس لئے کوئی اس نہ الجھا۔ سب کے سب پتھر پر ناریل توڑ توڑ کر کھاتے رہے۔ اور اس کا میٹھا پانی پیتے رہے۔ جب پیٹ بھر کے کھا پی چکے تو سب صبح کی نرم گرم دھوپ میں ریت پر لیٹ گئے۔

اس وقت بہت اچھا لگ رہا تھا۔ وشنو نے ریت پر لیٹے لیٹے گویا سب کے من کی بات کہہ ڈالی۔ بولا۔ "آہا۔ اسکول نہیں، ماں باپ نہیں کتاب نہیں، امتحان نہیں، ماسٹر کا ڈر نہیں۔ ریت پر پڑے رہو۔ ناریل کھاؤ بڑے مزے کی جگہ ہے!"

اس پر گوپال سنگھ بولا۔ "اور رہنے کے لئے گھر نہیں۔ ...... ٹھنڈ سے بچنے کے لئے آگ نہیں، رات کو شیر آئے گا۔ سب کو کھا جائے گا۔!"

شیر کا نام سنتے ہی، سدھا، حسنہ اور میری چیخیں
ہائے! شیر!!

سونو ان کو دلاسہ دیتے ہوئے بولا۔ "گھبراؤ نہیں، اب ہم دھرتی پر ہیں۔ ممکن ہے اپنے دیس ہی میں ہوں۔"

وشنو گھبرا کر بولا۔ "ممکن ہے کسی ٹاپو پر ہوں اور ساری عمر یہیں سڑنا پڑے۔ ——— اس کم بخت رابنسن کروسو کی طرح جس کا قصہ میں نے ایک کتاب میں پڑھا تھا۔

قاسم نے دلاسہ دیا۔ "مجھے تو ایسا لگتا ہے کہ ہم گاؤں کے کہیں آس پاس ہی ہیں۔"

سونو نے تجویز پیش کی۔ "اگر ہم سامنے پہاڑ کی چوٹی پر چڑھ کر دیکھیں تو ہمیں ٹھیک سے معلوم ہو جائے گا کہ ہم کہاں ہیں۔؟"

سدھا نے سر ہلا کر کہا۔ "ہاں ــــــــ ممکن ہے وہاں سے کوئی گاؤں نظر آ جائے۔ یہاں سے تو جنگل اور پہاڑ کے سوا کچھ نظر نہیں آتا۔"

سونو فوراً لیڈر بن گیا۔ "ہمیں اس پہاڑ کی چوٹی پر چڑھنا ہوگا۔ بولو کون چلتا ہے۔ میرے ساتھ۔؟"

سدھا فوراً بول اٹھی۔ "میں چلوں گی۔"

سونو نے بڑی سختی سے کہا۔ "نہیں، یہ جنگل کا معاملہ ہے ۔۔۔۔۔ لڑکیاں نہیں جائیں گی۔!"

سکھ لڑکا گوپال سنگھ بولا۔ "میں چلوں گا۔ میرے باپ شکاری تھے میں ان کے ساتھ جنگل جایا کرتا تھا۔۔۔۔۔"

جامو نے کہا۔ "اور میں تو بھیل ہوں، جنگل تو میرا گھر ہے!"

سونو "ٹھیک، اور کون ؟"

قاسم نے کچھ کہا نہیں، بس آ کے سونو کے ساتھ کھڑا ہو گیا۔ اتنے میں موٹا پارسی لڑکا رستم بھی کوشش کر کے ریت پر لیٹے لیٹے اپنا ہاتھ اٹھا کر بولا۔ "میں بھی چلوں گا۔"

سنجیوا نے سنجیدگی سے کہا۔ "تم نہیں جا سکتے رستم۔"

رستم نے حیرت سے پوچھا "کیوں۔؟"

سنجیوا نے اسے سمجھایا۔ "تمہیں کوئی ہاتھی کا بچہ سمجھ کر اٹھا لے جائے گا۔!"

اس پر سب ہنسنے لگے اور ماحول ایک دم بدل گیا۔ سونو نے ریت پر لیٹے ہوئے وشنو سے کہا۔ "وشنو تم ہم سب میں بڑے ہو۔ اور سب سے تگڑے بھی ہو۔ تم ہمارے لیڈر بن جاؤ۔!"

وشنو نے بڑے وقار سے کہا۔ "ہم کو اس وقت نیند آرہی ہے۔ تم لوگ جاؤ۔ اور واپسی میں ہم کو رپورٹ دو، کیا دیکھا تم نے......؟"

سنجیوا جل کر بولا۔ "کیسے بولتا ہے جیسے راجہ کا بچہ یہی ہو۔!"

سونو نے معاملے کو ٹھنڈا کیا۔ "جانے دو نا۔ ہم وشنو

کے بغیر بھی جا سکتے ہیں۔ دشنو ادھر رہے گا تو باقی لڑکے لڑکیوں کی رکھوالی کرے گا۔"

لیکن وشنو دامن بچا گیا۔ "ناہیں، مجھے نیند آرہی ہے، میں کوئی کام نہیں کروں گا ـــــ" اتنا کہہ کر وشنو نے کروٹ لی اور سونو کی طرف پیٹھ کر کے سو گیا۔

سونو اور اس کے ساتھی آگے چلے۔ جوں جوں آگے بڑھتے گئے چھوٹی چھوٹی جھاڑیوں کے بعد بڑی بڑی جھاڑیاں آنے لگیں، پھر چھوٹے چھوٹے پیڑ آنے لگے۔ پھر بڑے بڑے درخت دکھائی دینے لگے۔ ہولے ہولے جنگل گھنا ہونے لگا اور دھوپ کی سنہری روشنی گھنے جنگل کی سبز روشنی میں تبدیل ہونے لگی۔ سونو نے آج تک کوئی جنگل نہیں دیکھا تھا۔ وہ کبھی بمبئی سے باہر ہی نہیں نکلا تھا۔ اس لئے اس کے لئے اس جنگل کی ہر چیز انوکھی اور نئی تھی، اور وہ بڑے چاؤ اور شوق سے قدم بڑھاتے ہوئے سب سے آگے نکلتا جا رہا تھا۔ یکایک کسی نے اس کی قمیص پکڑ کر اسے پیچھے گھسیٹ لیا۔ اور عین اسی وقت سونو کے قریب کی ایک بڑی ڈالی زور زور سے لہرانے لگی۔

سونو، خوف زدہ ہو کر دیکھنے لگا۔ ...... جیسے وہ درخت کی ڈالی سمجھ کر ہاتھ لگانے لگا تھا۔ وہ دراصل ایک بہت بڑا ناگ تھا۔

جامو بولا۔ "یہ پائی تھان ہے۔ یہ اپنی لپیٹ میں اپنے سے چار گنے بڑے جانور کو لے کر اس کی ہڈیاں توڑ ڈالتا ہے۔ اور کھا جاتا ہے۔"

"ہوشیاری سے چلو۔" گوپال سنگھ بولا۔" اور جامو کو سب سے آگے چلنے دو۔ وہ جنگل سے اچھی طرح واقف ہے۔"

اب جامو کے پیچھے دوسرے لڑکے سنبھل کر بڑی ہوشیاری سے ادھر ادھر دیکھتے ہوئے چلنے لگے۔ یکایک قریب کی جھاڑیوں میں سرسراہٹ سی ہوئی، سب ایک دم رک گئے اور اس جھاڑی کی طرف دیکھنے لگے۔ جس کے پیچھے سرسراہٹ سی پیدا ہوئی تھی۔

"شیر ہے!" سونو نے کہا۔" میرے خیال میں تو شیر ہے۔"

جامو نے مونہہ پر انگلی رکھی، سب چپ ہو گئے اور دم سادھے آگے بڑھے۔ وہ جھاڑی کے قریب جو گیا تو دوسری

طرف سے جھاڑی کی شاخیں ایک دوسرے سے الگ ہو گئیں اور تب لڑکوں نے دیکھا کہ جھاڑی کی دوسری طرف کسی جنگلی جانور کے بجائے سدھا کھڑی ہے۔!

"سدھا تم!" جامو نے حیرت سے پوچھا۔

گوپال غصے سے بولا۔ "تم کیوں آئیں۔؟"

قاسم نے کہا۔ "لڑکی لوگ کا جنگل میں کیا کام؟"

سدھا بولی۔ "میں! ـــــ میں اپنے بھائی کی جگہ لینے کے لئے آئی ہوں۔!"

قاسم نے ٹوکا "مگر.......!"

سدھا نے بات کاٹی "اور" لڑکی لوگ" کی طرف سے بھی!"

واسدنت اڑ گیا۔ "ہم لڑکی لوگ کو جنگل میں لے کے نہیں جاویں گے۔"

سدھا نے واسدنت کا موہنہ چڑاتے اسی لہجہ میں بات کرتے ہوئے کہا۔ "تم لے کے نہیں جاویں گے تو ہم خود ہی آویں گے۔!"

سدھا زبان دکھانے لگی۔ سو تو بولا۔ "ارے سبھی

اب اس کو آنے دو نہیں تو کسی کو اسے لے کے پھر واپس جانا پڑے گا۔ اور ہمیں ابھی پہاڑ کی چوٹی پر پہنچنا ہے۔"

سُدھا بہت خوش ہوئی۔ اسے ساتھ آنے کی اجازت جو مل گئی۔ وہ سونو اور واسنت کے بیچ میں چلنے لگی۔ جوں جوں وہ پہاڑ پر چڑھتے گئے۔ جنگل گھنا ہوتا گیا۔ انہیں آدمیوں کے قدموں کے نشان کہیں نظر نہ آئے۔ نہ انسانی آبادی۔ نہ کوئی پگڈنڈی، نہ کوئی گاؤں۔ چاروں طرف گہرا گھنا جنگل تھا۔ درختوں کے اوپر کہیں کہیں ہرے ہرے طوطے اپنے پنکھ پھیلائے ٹیں ٹیں کرتے ہوئے اڑ جاتے۔ کہیں لال ہری، پیلی چڑیوں کی قطار قینچی کی طرح آسمان میں اڑتی نظر آتی۔ بندر ٹہنیوں پر لٹکتے، اپنی دم جھلاتے۔ جنگل کے پھل کتر کتر کے کھاتے ہوئے نظر آتے۔ یہ ایک الگ ہی دنیا تھی۔ انسانوں کی دنیا سے بالکل الگ۔ جوں جوں یہ لوگ بڑھتے گئے جنگل ان کے سامنے پھیلتا گیا۔ وہ جانور جو انہوں نے کبھی چڑیا گھروں میں دیکھے تھے۔ اس وقت اپنے جنگل میں اس آزادی اور امن چین سے گھوم رہے تھے جس طرح انسان اپنے شہروں اور گاؤں

میں رہتے ہیں۔ گھاٹیوں پر ہریالی چھائی تھی۔ گھاس ایرانی قالیچوں کی طرح نرم اور ملائم تھی۔ بانس کے جھنڈوں کے نیچے بہت سے ہرن نظر آئے اور چوکڑیاں بھرتے ہوئے غائب ہوگئے۔ ذرا دور سامنے کی گھاٹی پر انہیں ایک بھالو نظر آیا جو اپنے بچوں کے ساتھ قلابازیاں کھا رہا تھا۔ ایک بھالو درخت پر چڑھ کر اپنے بچوں کے لئے جنگلی پھل توڑ رہا تھا۔ کسی جنگلی بلی کی ہلکی سی غراہٹ سنائی دی ایک پل کے لئے اس کی نیلی نیلم کی سی آنکھیں درختوں کے تنوں میں نظر آئیں پھر غائب ہوگئیں — مسخروں کی طرح حرکت کرتے ہوئے لنگور نظر آئے اور کسی انجانی بولی میں چیں چپڑ کرتے ہوئے پیڑوں کی ڈال پر غائب ہوگئے۔

دور ایک گھاٹی میں آبشار گر رہا تھا۔ اس کے قریب انہیں نیل گایوں کا ایک جھنڈ نظر آیا۔ جو رک رک کر پانی پیتا تھا، اور کان کھڑے کرتے ہوئے ادھر ادھر دیکھتا تھا۔ اور پھر پانی پینے میں مصروف ہوجاتا تھا۔ کتنا امن اور سکون تھا۔ اس جنگل میں۔ کیسے کیسے جانور نظر آرہے تھے اور اس جنگل میں چلتے ہوئے، گروہ اور گلے بنا کر گھوم رہے تھے۔ چیتل اور جنگلی بکریاں

ہرنوں کی ٹولیاں اور اون کے سفید گولوں کی طرح بھاگتے ہوئے خرگوش ! اور سمور دار لومڑیاں، اور کسی پرانے جوگی کی طرح دھونی رمائے ہوئے بڑی بڑی آنکھوں سے سنسار کو تاکتا ہوا کوئی الو

—— اور پھول ایسے نرالے عجیب رنگوں اور خوشبوؤں والے جو شہروں میں کہیں نظر نہیں آتے۔ اس جنگل کی دنیا کتنی عجیب اور انوکھی تھی۔ سو تو حیرت اور مسرت سے دیکھتا رہ گیا۔

جب وہ آدھا پہاڑ چڑھ گئے تو جنگل اتنا گھنا ہو چکا تھا کہ آگے چلنا بہت مشکل معلوم ہو رہا تھا۔ کئی لڑکوں کے کپڑے پھٹ گئے تھے۔ پاؤں میں کانٹے اور ہاتھوں پر کھرونچے پڑ گئے تھے۔ پھر بھی وہ ہمت کر کے آگے ہی بڑھتے گئے تھے۔ مگر اب آگے چلنا دشوار کیا ناممکن تھا۔ ایسا لگتا تھا۔ جیسے خطرناک بھینڈے کی طرح درخت سر سے سر جوڑ کر کھڑے ہوں اور لمبی لمبی ڈالیاں زمین پر لٹک آئی تھیں۔ کہیں آگے بڑھنے کی جگہ نہیں تھی۔

جب یہ عالم دیکھا تو سب لوگ ایک دم رک گئے اور جامو کی طرف دیکھنے لگے۔ جامو ذرا سا رکا، مسکرایا، پھر اچک کر وہ ایک جھولتی ہوئی ڈال پر لپکا۔ اس نے اپنے مونہہ

سے ٹارزن کی سی آواز نکالی اور لمبی رسی نما ڈال پر ہوا میں جھولتا ہوا ایک پیڑ سے دوسرے پیڑ پر پہنچ گیا۔ اور اس دوسرے پیڑ کی ڈال کو جھلاتے ہوئے آگے کو پینگ لیتے ہوئے تیسرے پیڑ پر پہنچ گیا۔ اس کی دیکھا دیکھی سونو اور سدھا نے بھی ایسا ہی کیا۔ تھوڑی دیر میں جنگل کی ساری فضا بچوں کی ٹارزن نما چیخوں سے معمور ہو گئی۔ پرندے پر پھڑپھڑاتے ہوئے سیکڑوں کی تعداد میں ٹہنیوں سے اڑ کر ہوا میں چکر لگانے لگے۔ اور بندر بچوں کو دیکھ کر ان کا موہنہ چڑانے لگے۔ اور دموں سے لٹک لٹک کر اس طرح درختوں پر کودنے لگے گویا کہہ رہے ہوں۔ ہماری طرح دم سے لٹکو تو جانیں۔ ارے تمہاری تو دم ہی نہیں ہے۔!

سونو اور اس کے ساتھی اسی طرح آگے بڑھتے گئے چوٹی کے قریب پہنچ کر جنگل کے گھنیرے سائے کم ہونے لگے۔ درخت ایک دوسرے سے الگ ہونے لگے، جھاڑیاں دور دور ہٹنے لگیں۔ گھاس چھوٹی ہوتی گئی۔ پھر اونچی اونچی چٹانیں نظر آنے لگیں۔ اب وہ چٹانوں پر کودتے پھلانگتے پہاڑ کی چوٹی کے اوپر پہنچ گئے، جہاں سے ان کا خیال تھا کہ وہ گوا کے علاقہ

کو دیکھیں گے۔ نیچے کی وادی میں کسی آباد گاؤں کا نظارہ کریں گے۔

مگر جب وہ پہاڑ کی چوٹی پر پہنچ گئے۔ تو انہوں نے دیکھا کہ ان کے چاروں طرف اونچی نیچی گھاٹیاں ہیں، چاروں طرف جنگل پھیلا ہوا ہے۔ کہیں انسان کی آبادی کا نام و نشان نہیں۔ وہ ایک چھوٹے سے ٹاپو کے پہاڑ کی چوٹی پر کھڑے تھے اور اس ٹاپو کے چاروں طرف سمندر ہی سمندر پھیلا ہوا ہے۔

بہت دیر تک وہ چپ چاپ اس منظر کو دیکھتے رہے۔ پھر سدھا کی تیز نظریں پہاڑ کی ڈھلوان سے پھسلتی ہوئی مغرب کی جانب ایک اونچے ٹیلے پر جا کے رک گئیں۔

دور نیچے اس ٹیلے پر ایک قلعہ نظر آ رہا تھا۔ اونچی اونچی دیواریں اور خوب صورت برجیاں جو دھوپ میں سنہری چھتریوں کی طرح چمک رہی تھیں۔ سدھا نے سوتو کا ہاتھ تھام کر انگلی سے اشارہ کرتے ہوئے کہا۔

" وہ دیکھو کیا ہے۔؟ ایک قلعہ۔ بھوتوں کا.....!"

سدھا پھر بولی۔ " یا تو بھوتوں کا قلعہ ہے.....یا پھر پریوں کا.......!" قاسم نے اندیشہ ظاہر کیا۔ " ہو سکتا

ہے ڈاکو رہتے ہوں۔" واسنت نے رائے دی۔

"چلو واپس چلیں ساحل پر...... "گوپال نے اعتراض کیا۔ "وہاں کیا ہماری ماں بیٹھی ہے جو ہم کو دودھ جلیبی کھلائے گی! کچھ عقل کی بات کرو۔ واسنت، اب اتنا آگے آئے ہیں تو پیچھے کیوں ہٹیں!" سونو نے بھی کہا۔

"گوپال ٹھیک کہتا ہے، جہاں قلعہ ہے وہاں دیواریں ہیں، چھت ہے۔ کوئی آدمی بھی ضرور رہتا ہوگا۔ اور آدمی ہوگا تو ہم اس سے مدد بھی مانگ سکتے ہیں۔"

قاسم نے ہاں میں ہاں ملائی۔" سونو ٹھیک کہتا ہے۔"

مگر سدھا بولی۔ "ہمارے ان ساتھیوں کا کیا ہوگا۔ جن کو ہم پیچھے چھوڑ آئے ہیں۔؟"

چنانچہ طے پایا کہ جامو اور گوپال واپس جائیں اور پارٹی کے باقی لڑکے لڑکیوں کو لے کر یہاں آئیں یہاں سے مل کے اکٹھے قلعہ کی طرف بڑھیں گے۔

سورج قلعہ کی بڑی بڑی سیاہ دیواروں اور برجیوں

کے پیچھے چھپ ہی رہا تھا کہ لڑکے لڑکیوں کی ساری ٹولی ٹیلے کے قدموں میں جا پہنچی۔

بہت پرانا قلعہ معلوم ہوتا تھا۔ کس قدر خاموش اور پراسرار! قلعہ کی دیواروں یا برجیوں پر کوئی پہرے دار نظر نہ آتا تھا۔ قلعہ کی دیواروں سے لے کر ٹیلے کے نیچے تک پتھروں کی سیڑھیاں بنی ہوئی تھیں۔ جو جگہ جگہ سے ٹوٹ گئی تھیں اور ان میں جھاڑیاں اُگ آئی تھیں۔

سیڑھیاں چڑھ کے وہ قلعہ کے پھاٹک پر پہنچے دو تین بار انہوں نے زور زور سے قلعہ کے دروازے کو کھٹکھٹایا یکایک زور سے دستک دینے سے دروازہ آپ ہی آپ کھل گیا۔

دروازہ کھلتے ہی بچے پہلے تو خوف سے چند قدم پیچھے ہٹ گئے۔ پھر آہستہ آہستہ آگے بڑھنے لگے۔

دروازہ کھلتے ہی ایک عجیب سا منظر نظر آیا۔ یہ قلعہ اندر سے بہت ٹوٹا ہوا تھا۔ چھت غائب تھی۔ دالانوں اور برآمدوں کے ستون بہت شکستہ حالت میں کھڑے تھے اندر کے چھجے جھڑ گئے تھے۔ قلعہ کے کمروں کی اندرونی دیواریں ڈھے گئی تھیں۔ چھت کسی کی سلامت نہ تھی۔ جا بجا گری ہوئی

دیواروں اور چھتوں کے ملبے کے ڈھیر کے ڈھیر موجود تھے، جن پر جھاڑیاں اگ آئی تھیں۔ اور جنگلی پرندوں نے ان پر گھونسلے بنالئے تھے۔ جو دیواریں کھڑی تھیں ان میں بھی بڑی بڑی دراڑیں پڑ گئی تھیں۔ ایسا لگتا تھا۔ جیسے برسوں سے کوئی اس قلعے میں نہیں رہا۔ صرف سامنے کا گیٹ، سیڑھیاں، برجیاں اور پہاڑ کی جانب کی دیواریں ٹھیک تھیں۔ سمندر کی طرف جتنا حصہ قلعے کا نظر آتا تھا سب کا سب گر چکا تھا۔

وہ اس قلعہ کو دیکھ کر بہت مایوس ہوئے۔ دور سے ایسا لگتا تھا۔ جیسے کوئی اس قلعہ میں رہتا ہوگا۔ پہاڑ کی چوٹی سے چلتے وقت انہوں نے اپنی مدد کے سلسلہ میں کیسی کیسی امیدیں باندھی تھیں۔ وہ سب چکنا چور ہوگئیں۔ بچے اس ٹوٹے ہوئے قلعے کے اندر حیران پریشان کھڑے کے کھڑے رہ گئے۔

اسی وقت ان کے پیچھے سے سوتو کی آواز آئی۔ سب نے مڑ کر دیکھا تو سوتو انہیں اپنی طرف بلا رہا ہے۔ سب بھاگے بھاگے ادھر گئے۔ سوتو نے قلعے میں ڈھونڈھ ڈھونڈھ کے ایک ایسا کمرہ دریافت کرلیا تھا۔ جس کے تین طرف دیوار تھی اور آدھی چھت بھی کھڑی تھی۔ اور آدھے میں سے کھلا آسمان

نظر آتا تھا۔

سونو نے سب کی رائے پوچھی۔ "سونے کو یہ جگہ کیسی ہے؟ تین طرف دیوار ہے۔" قاسم نے کہا۔ "اور اونچی دیوار ہے۔ اوپر سے کوئی جانور نہیں آسکتا——" جامو نے شک جتایا "اور چوتھی طرف؛ ادھر کیا کریں گے۔؟"

سونو نے کہا۔ "پہرہ لگادیں گے۔" قاسم نے پوچھا "رات کو کون کون پہرہ دے گا۔؟"

واسنت پہرہ دینے کو تیار ہو گیا اور شنکر بکرجی اور رستم موٹا اور رنگا نیم بھی، سدھا اپنے بڑے بھائی کی طرف اشارہ کر کے بولی۔ اور ہم دونوں بھائی بہن بھی پہرہ دیں گے۔

مگر وشنو نے نیند کا بہانہ کر کے انکار کر دیا۔

سونو نے کہا۔ "خیر کوئی بات نہیں، بہت پہریدار ہو گئے۔ آج کی رات کے لئے۔ پہلی باری ہیں ہیں اور شنکر بکرجی پہرہ دیں گے دوسری ہیں واسنت اور رستم، دونوں ٹولیاں چار چار گھنٹے پہرہ دیں گی۔ باقی لوگ سو جائیں۔"

پتھروں کے فرش کو صاف کر کے وہ لوگ وہیں سو گئے۔

رات کالی اور بھیانک تھی۔ جنگل سے کبھی کبھی شیر کے دہاڑنے کی

آواز سنائی دیتی تھی۔ آدھی ٹوٹی چھت سے تارے نظر آرہے تھے۔ مگر وہ سب لوگ اس قدر تھک گئے تھے کہ پتھروں کے فرش پر لیٹتے ہی انہیں نیند آگئی۔ انہیں کچھ یاد نہ رہا کہ وہ کہاں ہیں۔ نیند اس قدر غالب تھی کہ وہ اسی طرح پتھر کے فرش پر بے سدھ پڑے سوتے رہے۔ جیسے وہ ریشم کے بستر پر سو رہے ہیں۔

رات کے سناٹے میں باری باری بچوں کی ٹولیاں پہرہ دیتی رہیں۔ چاروں طرف گھٹا ٹوپ اندھیرا تھا اور اس اندھیرے میں رات کو دو بار اوپر کی چھت پر دو بڑی بڑی لال آنکھیں چند لمحوں کے لئے چمکیں پھر اندھیرے میں غائب ہو گئیں۔

مگر ان آنکھوں کو پہرے داروں نے نہیں دیکھا.....!

دوسرے دن لڑکیوں کو قلعے میں چھوڑ کر لڑکے جنگل کو روانہ ہو گئے۔ انہیں کھانے پینے کی چیزوں کی تلاش تھی۔ لڑکیوں کہا گیا کہ وہ یا تو قلعے کے اندر رہیں یا قلعے کے آس پاس، کہیں دور نہ جائیں۔

مگر لڑکوں کے جانے کے بعد لڑکیوں نے بھی اپنی

ٹولی نہائی اور قلعے سے نکل کر قریب میں بہنے والی ندی پر چلی گئیں۔ کچھ دیر تک نہاتی رہیں۔ ایک دوسرے پر پانی پھینک پھینک کر خوش ہوتی رہیں۔ کچھ لڑکیاں ندی کے کنارے جنگلی پھول توڑنے لگیں۔ کچھ لڑکیاں ندی پار کر کے سامنے کے گھاس کی گھاٹی پر دھوپ سینکنے کے لئے لیٹ گئیں۔

پھول توڑتے توڑتے یکایک سدھا نے زور سے خوشی کی ایک چیخ ماری۔

"کیا ہے۔؟" حسنہ نے پوچھا۔

"مٹر...... مٹر! ——— مٹر کی پھلیاں۔

جنگلی پھولوں کے درمیان ایک جھاڑی پر لمبی لمبی پھلیاں لٹک رہی تھیں۔ سدھا نے ایک پھلی توڑ کر اسے کھول کر حسنہ کو دکھایا۔ اس میں سے مٹر کی طرح مگر موٹے موٹے ہرے ہرے دانے نظر آ رہے تھے۔

"مٹر ہے" سدھا خوشی سے بولی۔ اور پھلی میں سے مٹر نکال کر انہیں کھانے ہی والی تھی کہ حسنہ نے روک لیا۔ ٹھہرو کھانے سے پہلے ذرا مس باٹنی والا سے پوچھ لیں۔ کہیں کوئی زہریلی بوٹی نہ ہو۔؟"

مس باٹینی والا کا اصل نام جمنا تھا، چونکہ جمنا باٹینی Botany کے مضمون میں ہمیشہ اول آتی تھی۔ اس لئے سب لڑکیاں اسے باٹینی والا کہتی تھیں۔

جمنا ایک سنجیدہ اور پر وقار رکھ رکھاؤ کی عینک لگانے والی دوہرے بدن والی لڑکی تھی۔ جو اس وقت سب کو چھوڑ کر آگے نکل گئی تھی۔ اور قلعے کے نیچے کی چٹانوں کا غور سے مطالعہ کر رہی تھی جب جمنا کو آوازیں دے کر بلایا گیا تو وہ جلدی جلدی لوٹی۔ اس کے ہاتھ میں دو تین کانچ کی طرح چمکنے والے پتھر کے ٹکڑے تھے۔

جمنا نے آتے ہی جھاڑی دیکھی، پھلی دیکھی، بولی "ہاں ٹھیک ہے۔ کھاؤ۔ یہ جنگلی مٹر کی جھاڑی ہے۔۔۔۔۔۔!"

لڑکیاں جھاڑی پر پل پڑیں۔ جھاڑی صاف کر کے ادھر ادھر ویسی ہی جھاڑیاں دیکھنے لگیں اور پھلیاں اکٹھی کرنے لگیں۔ کھانے لگیں۔ اور باتیں کرنے لگیں۔

جمنا، سدھا کو لے کر ندی کے پار چلی گئی۔ چھوٹی سی ندی تھی۔ ندی کیا تھی، نیلا سا نالا تھا۔ جس میں گھٹنے گھٹنے پانی تھا۔۔۔ اسے پار کر کے دونوں لڑکیاں دوسرے کنارے چلی گئیں

اور جہاں جمنا سدھا کی مدد سے کچھ ڈھونڈھتی رہی۔ کچھ عرصے کے بعد معلوم ہوا کہ اس کی کوشش کامیاب رہی۔ کیوں کہ جب وہ دونوں لوٹیں تو ان کے ہاتھوں میں بہت سی جھاڑیاں تھیں۔ باقی لڑکیوں کے پوچھنے پر بھی ان دونوں لڑکیوں نے نہیں بتایا کہ یہ کس کام کی جھاڑیاں ہیں۔!"

"جب لڑکے آئیں گے تو بتائیں گے!" سدھا شوخی سے بولی۔

دوپہر کو لڑکے بھی آ گئے۔ وہ بہت کچھ معلوم کر کے آئے تھے۔ اور جنگل سے ڈھیر ساری چیزیں لائے تھے۔ آتے ہی انہوں نے شیخی بگھارنا شروع کی۔ "دیکھو! ہم کیا لائے ہیں۔ جنگلی انار اور جنگلی سیب، چھوٹے چھوٹے مگر بے حد کھٹے!"

انہوں نے جنگل میں کیلے کے دو جھنڈ دریافت کئے تھے۔ اور کچے کیلے بھی لے کے آئے تھے اور بڑے فخر سے ایک ایک چیز دکھا رہے تھے۔ جب سب چیزیں دکھا چکے تو قاسم طنزیہ لہجہ میں بولا۔

"اور تم لڑکیاں کیا کرتی رہیں۔ ؟ گپ لڑاتی رہیں۔ اور ایک دوسرے کی چٹیاں گھسیٹتی رہیں۔......؟"

"نہیں جناب!" حسنہ چمک کر بولی۔

"بیری بولی۔ " یہ دیکھو کیا ہے۔ ؟"

" اونہہ ! پھول !" جامو بولا۔ "لڑکیوں کو جب سوجھتی ہے، تو پھول کی۔ !" اب کیا یہ پھول کھاؤ گی۔ ؟"

" کھانے کے لئے تمہارے کھٹے سیبوں سے بڑھیا چیز ڈھونڈی ہے۔ ہم نے !" سدھا بولی۔

" کیا ؟" سونو نے پوچھا۔ "ہمارا سر ؟"

" تمہارے سر میں اگر مٹر کے دانے برابر عقل ہوتی تو سمجھ سکتے یہ کیا ہے۔ ؟" سدھا غصے سے بولی اور اس نے اپنا دوپٹہ کھول کر سامنے کر دیا۔

دوپٹہ مٹر کے دانوں سے بھرا ہوا تھا۔

سونو چیخ مار کر آگے بڑھا۔ مگر سدھا نے اپنا دوپٹہ پیچھے ہٹا لیا۔ " اور یہ دیکھو کیا ہے ؟" مس باٹینی والا بولیں۔ اور اپنے ہاتھ میں پکڑی ہوئی جھاڑیاں دکھانے لگیں، جن کے نیچے گول گول جڑیں مٹی میں سنی لگی تھیں۔

" کوئی زہریلی بوٹی ہو گی۔ مس باٹینی والا۔" گوپال سنگھ بولا۔

" زہریلی بوٹی نہیں ہے بلکہ مونگ پھلی ہے۔ !"

"مونگ پھلی!" واسنت نے حیرت سے پوچھا۔
جمنا نے جھاڑی کی گول گول جڑیں توڑ کر اس کی طرف پھینکتے ہوئے کہا۔
"یقین نہ آئے تو چکھ کر دیکھ لو۔!"
مونگ پھلی اور مٹر کے دانے دکھا کے لڑکیاں بازی جیت گئیں۔ حسنہ سب میں مٹر کے دانے بانٹنے لگی۔ لڑکے کھاتے کھاتے بولے۔ "اگر ساتھ میں تھوڑا سا نمک ہوتا......!"
"وہ بھی مل گیا ہے۔!" جمنا اپنی جیب سے کانچ کے ٹکڑوں کی طرح چمکتے ہوئے چھوٹے چھوٹے پتھر نکال کر بولی۔ "قلعے کے نیچے کی چٹانوں سے نمک بھی مل گیا ہے۔ ابھی پیس کر دیتی ہوں۔!"
مٹر کے کچے دانوں کے پھنکے، نمک کے ساتھ کھائے جانے لگے۔ اس وقت میری بولی۔ "اگر کہیں آگ ہوتی، یا آگ مل جاتی۔!"
"اس کا بندوبست میں کرتا ہوں۔" جامو بولا۔
"جامو نے جنگل میں تلاش کر کے چقماق کے دو پتھر دریافت کئے تھے، جن کو رگڑنے سے آگ نکلتی ہے۔! قاسم کا چاقو لے کر جامو

لکڑی کے ٹکڑے کو باریک باریک چھیلنے لگا۔ اور چھیل چھیل کر چقماق کی لکڑی سے آگ پیدا کی جیسے اس کا بھیل باپ جنگل میں آگ جلایا کرتا تھا۔۔۔ تپلے تپلے لکڑی کے چھلکوں لئے جب آگ پکڑی تو شعلہ بھڑکنے لگا۔ جامو نے بڑی احتیاط سے اس کے اردگرد دوسری تپلی تپلی لکڑیاں رکھیں اور دھیرے دھیرے ان کے اردگرد اس سے بڑی لکڑیاں، ہولے ہولے آگ کا الاؤ جلنے لگا، جس میں لڑکے لڑکیاں مٹر کے دانے بھون کر کھانے لگے۔

"ہوں! اصلی پک نک تو یہ ہے۔!" وشنو چٹخارہ لیتے ہوئے بولا۔

اس رات بچے پھر اسی کمرے میں سوئے۔ جس کی تین دیواریں سلامت تھیں اور آدھی چھت باقی تھی۔ اس طرح پہرہ دینے کے لئے تین ٹولیاں بنیں اور وہ لوگ باری باری پہرہ دینے لگے!

آدھی رات کے قریب، جب رستم پہرہ دے رہا تھا

تو اس نے ٹوٹی ہوئی چھت پہ دو لال لال آنکھیں انگاروں کی طرح جلتی ہوئی دیکھیں۔ خوف سے رستم کی گھگھی بندھ گئی۔

سونو اس وقت دوسری طرف دیکھ رہا تھا۔ رستم نے پاؤں مار کر سونو کو بلایا۔ سونو نے اس کی طرف دیکھا۔ رستم کو ڈرا اور سہما دیکھ کر بولا۔ "کیا ہے۔؟"

رستم سے کچھ بولا نہیں گیا۔ اس نے ہاتھ کے اشارے سے اوپر ٹوٹی ہوئی چھت کی طرف اشارہ کیا۔

سونو نے اوپر دیکھا۔ دو خوفناک بڑی بڑی آنکھیں انگاروں کی طرح جلتی ہوئی۔!

یکا یک وہ خوفناک آنکھیں نیچے کو جھکتی ہوئی معلوم ہوئیں۔ پھر یکایک خوفناک غراہٹ سنائی دی۔

سونو نے الاؤ سے ایک جلتی ہوئی لکڑی نکالی۔

اور اسے ہوا میں ہلا کر زور سے چیخا ـــــ "چیتے بھاگ جاؤ!"

اوپر کی چھت پر چیتا اور زور سے غرایا!

لڑکے، لڑکیاں سونو کی چیخ اور چیتے کی غراہٹ سن کر جاگ گئے۔ اور زور زور سے چیخنے لگے۔ سونو کے کہنے پر بہت سے لڑکوں نے الاؤ سے جلتی ہوئی لکڑیاں نکال لیں۔

اور ہوا میں لہرا لہرا کر چیخنے اور شور مچانے لگے۔
آگ دیکھ کر اور شور سن کر چیتا پیچھے ہٹ گیا۔ جلتی ہوئی لال لال آنکھیں اندھیرے میں گم ہوگئیں۔ مگر پھر رات بھر بچوں کو نیند نہیں آئی۔ رات بھر وہ جاگتے رہے۔ اور ٹوٹی ہوئی چھت کی طرف دیکھتے رہے۔ یہاں تک کہ صبح ہوگئی۔

دوسرے دن سے قلعے کے اندر بچوں نے پہرہ اور سخت کردیا۔ اور رات کو ہر وقت الاؤ جلنے لگا۔ اس کے ساتھ ساتھ یہ فیصلہ کیا گیا کہ قلعے سے باہر کسی اونچی جگہ پر ایک گھر بنایا جائے۔ جس کی چاروں دیواریں سلامت ہوں اور دیواروں پر چھت بھی ہو۔

مگر گھر بنایا کیسے جائے؟ ــــــ محض گھر کی خواہش کرنے سے تو گھر نہیں بنتا۔ پھر گھر بنانے کا تجربہ بھی کسی لڑکے کو نہ تھا۔ یہاں نہ اینٹیں تھیں۔ نہ سیمنٹ، نہ چونا، نہ چھت کے لئے کوئی سامان۔ اب گھر بنے تو کیسے بنے؟

جامو بولا۔ "گھر اس طرح کا نہیں بنے گا۔ جیسے بمبئی کے گھر ہوتے ہیں۔ گھر اس طرح کا بنے گا جس طرح کے گھر

جنگل میں ہم بھیلوں کے ہوتے ہیں ــــــ یہ گھر ہمارا سارا لکڑی کا بنے گا۔ !

"لکڑی کہاں سے آئے گی۔ ؟" میری بولی۔

"جنگل سے آئے گی اور کہاں سے ؟" قاسم بولا۔

"مگر ہمارے پاس لکڑی کاٹنے کے لئے آری ہے نہ کلہاڑا۔" گوپال بولا۔

قاسم نے کہا۔ "میرے چاقو سے چھوٹی شاخیں تو کٹ سکتی ہیں۔ !"

رستم نے کہا۔ "اور میں بڑی سے بڑی شاخ کو گرا سکتا ہوں۔ !"

"کیسے ؟" حسنہ نے پوچھا۔

جواب میں رستم کچھ نہیں بولا۔ بھاگ کر قریب کے ایک درخت کی ڈال سے لٹک کر جھولنے لگا۔ شاخ اس کے وزنی بوجھ سے چرچرائی، ٹوٹ کر نیچے گر پڑی۔ شاخ کے ساتھ رستم بھی بھد سے گر پڑا۔ سب ہنسنے لگے۔ مگر رستم کی کارگزاری پر خوش بھی ہوئے۔ اسی دن سے سب بچے اس کو رستم کلہاڑا پکارنے لگے۔ !

سونو نے کہا۔ "میرے خیال میں تو ہمیں اپنی دو ٹولیاں بنا لینی چاہئیں۔ ایک ٹولی جنگل سے خوراک ڈھونڈ کے لائے۔ دوسری ٹولی گھر بنائے۔!"

گھنشیام نے کہا۔ "خوراک ڈھونڈنے والی ٹولی کا لیڈر میں ہوں۔!"

قاسم بولا۔ "یہ لیڈری کا شوق ہے یا کھانے کا۔؟"

گھنشیام نے جواب دیا۔ "تم چپ رہو۔!"

قاسم بھڑکنے والا تھا کہ سونو بیچ میں آگیا۔ "ٹھیک تو کہتا ہے۔ گھنشیام۔ اسے جنگل جانے والی ٹولی کا سردار بنا دو دوسری ٹولی کا سردار جامو بنے گا۔ کیوں کہ بھیل بچہ ہے اور جنگل کا گھر بنانا جانتا ہے۔!"

واسنت بولا۔ "ویسے میں بھی ناریل کے تپوں کی چھت بنانا جانتا ہوں۔ ناریل کے تپوں اور رسیوں کی بنائی سے ایسی عمدہ چھت بنتی ہے کہ بارش کا ایک قطرہ اندر نہیں آسکتا۔

بعد میں معلوم ہوا کہ جامو کے علاوہ سونو اور سونو کے علاوہ دو تین لڑکیاں بھی ناریل کے تپوں کی بنائی کا کام جانتی ہیں۔

طے پایا کہ جامو اپنی ٹولی لے کر جنگل میں خوراک ڈھونڈنے جائے اور جامو کی ٹولی گھر بنانے کا انتظام کرے۔

جب گھنشیام، قاسم، گوپال اور مس باٹلینی والا کو لے کر جنگل کی طرف روانہ ہوا تو باقی بچوں نے گھر بنانے کی تیاری شروع کی۔ سب سے پہلے ایک اونچی مگر چوکور اور ستھری جگہ تلاش کی گئی اور اس پر پتھروں کا فرش جمایا گیا۔ پھر لڑکیوں سے کہا گیا کہ وہ گھنے پتوں والی جھاڑیوں کی ڈالیاں توڑ کے لائیں۔ واسنت نے قاسم کا چاقو مانگ لیا تھا۔ وہ ناریل کے پیڑوں پر چڑھ کر ناریل کے بڑے بڑے پنکھ کاٹ کر نیچے پھینکنے لگا ـــــ جامو، رستم، سنجیوا اور سدھا تیز اور نوکیلے پتھروں کو لے کر بانس کے جھنڈوں میں چلے گئے اور وہاں نوکیلے پتھروں سے بانسوں کو جڑ کے قریب سے توڑ توڑ کر لانے لگے۔ قریب سے کئی سوکھے چھوٹے چھوٹے ڈال بھی مل گئے۔ انہیں اٹھا اٹھا کر اس جگہ لانے لگے جہاں گھر بننے والا تھا۔

نکیلے پتھروں سے گڑھے کھود کھود کر ان میں لمبے لمبے

بالس گرائے جانے لگے۔ لڑکیوں نے ناریل کے رسّیوں اور پتوں کی بنائی کا کام شروع کر دیا۔ اور جن لڑکیوں کو یہ کام نہیں آتا تھا انہوں نے یہ کام جلدی سیکھ کر شروع کر دیا۔

مگر تیھر آخر تیھر ہے۔ بڑے بڑے بالس اور بڑے بڑے پیڑ کے تنے کو اس سے نہیں کاٹ سکتے۔ رستم صاحب چھوٹی چھوٹی شاخیں اور ڈال تو اپنے وزنی بوجھ سے گرا سکتے ہیں۔ مگر بڑے ڈال کہاں سے آئیں گے؟

جامو نے فکر مند لہجہ میں کہا۔ "اور تو سب ٹھیک ہے مگر ہمیں ایک بڑا موٹا تنا گھر کے بیچ میں چاہیئے۔ جس کے اردگرد گھر بنے گا۔ اور چار بڑے بڑے تنے چار کونوں پر چاہئیں، جن کے گرد ناریل کے رسّیوں اور پتوں کی دیواریں۔ بنی جائیں گی! بیچ بیچ میں یہ چھوٹے چھوٹے بالس کے ڈنڈے پھنسا دئے جائیں گے۔! یہ سب تو ہو جائے گا، مگر پانچ بڑے بڑے لکڑی کے تنے کیسے ہم کاٹ سکیں گے۔؟"

"کیا ان تنیوں کے بغیر گھر نہیں بن سکتا؟ سدھا نے پریشان ہو کر پوچھا۔

"گھر تو بن جائے گا۔" جامو بولا۔ "مگر مضبوط نہیں

بنے گا۔!"

"جیسا بھی ہو بنا ڈالو۔ گھر تو ہو گا۔" سدھا بولی۔

"روز رات کو چتیا تو نہیں ڈرائے گا اور روز رات کو چھت تو نہیں ٹپکے گی۔"

جامو نے کچھ جواب نہیں دیا۔

دوپہر تک وہ سب پیڑوں کی شاخوں، ناریل کے پنکھے، گھنے تپوں والی ناریل کی شاخیں، سوکھے ڈال اور لمبی لمبی بیلوں کی رسیوں کی مانند شاخیں اکٹھے کرتے رہے۔

دوپہر کے قریب گھنشیام اور اس کے ساتھی خوشی سے بھاگے بھاگے آئے۔ انھوں نے کیلوں کے دو بڑے بڑے جھنڈ دریافت کیے تھے۔ اور وہاں سے وہ بہت سے کیلے توڑ کے لائے تھے۔ مس باٹلی والا نے ایک عجیب و غریب پیڑ کا پھل دریافت کیا تھا جس کے اودے رنگ کے کڑوے گودے کے اندر کی گٹھلی بالکل بادام کی گٹھلی سے ملتی جلتی تھی۔ گٹھلی کے اندر کا بیج بالکل بادام کے مزے کا تھا۔ بچوں نے اس پھل کا نام جنگلی بادام رکھ دیا۔

مگر سب سے عجیب و غریب دریافت یہ تھی کہ جنگل

میں گھومتے گھومتے گھنی جھاڑیوں اور درختوں میں چھپی ہوئی ایک چھوٹی سی دلدل نما جھیل انہوں نے دریافت کی تھی۔ اس جھیل کا دو تہائی حصہ تو دلدل تھا اور لمبی لمبی گھاس کیچڑ اور گرے ہوئے پیڑوں اور ان کی سڑتی ہوئی ٹہنیوں سے بھرا ہوا تھا۔ لیکن ایک تہائی حصے کا پانی بہت میٹھا تھا۔ اور اس پر طرح طرح کے خوش رنگ جنگلی پھول کھلے ہوئے تھے۔

"اونہہ۔" سدھا ناک سکوڑ کر بڑی حقارت سے بولی۔ "دَل دَل کی دریافت بھی کوئی دریافت ہے ـــــ؟ گلی سڑی دلدل ڈھونڈ کے آرہے ہیں۔ اور شیخی بگھار رہے ہیں۔!"

"دریافت تو اب آتی ہے۔ گھنشیام نے فخر سے سینہ پھلا کر کہا۔ "اس دلدل میں ہم نے ایک ہاتھی کا بچہ دیکھا ہے۔ ـــــ!"

"ہاتھی کا بچّہ؟" حسنہ خوشی سے چیخی۔

"ہاں۔" قاسم بولا۔ "ہاتھی کا بچّہ ـــــ دلدل میں پھنسا ہوا ہے۔!"

"کہاں پر ہے۔؟" حسنہ اس کا بازو پکڑ کر بولی۔

"چلو ہم کو دکھاؤ۔!"

سب بچے اپنا کام چھوڑ کر گھنشیام اور قاسم کے ساتھ ہاتھی کا بچہ دیکھنے کے لئے روانہ ہوگئے۔

کئی دفعہ بھولنے کے بعد اور کئی دفعہ غلط چکر کاٹنے اور جنگل میں تقریباً کھو جانے کے بعد انہیں وہ جھیل نما دلدل مل گئی۔ شاید اب بھی نہ ملتی۔ مگر ہاتھی کے بچے کی چیخوں نے راستہ دریافت کرنے میں بہت مدد کی!

ہاتھی کا بچہ دلدل میں پھنسا ہوا تھا اور دھیرے دھیرے دلدل میں دھنس رہا تھا۔ اور خوف سے چلّا رہا تھا۔

"بے چارہ دلدل میں ڈوب جائے گا۔!"

"اسے بچانا چاہیئے۔" حسنہ بولی۔

"جو اسے بچانے دلدل میں جائے گا وہ بھی دلدل میں پھنس کر ڈوب جائے گا۔!"

"کچھ بھی ہو اسے بچانا چاہیئے۔" سونو جامو سے کہنے لگا۔

جامو نے ادھر ادھر دیکھا۔ سونو نے ایک لمبی سوکھی بیل کی طرف اشارہ کیا جو تاڑ کے اونچے تنے سے لپٹی ہوئی تھی۔

سونو نے جامو سے کہا۔ "یہ بیل ایک مضبوط رسے کا کام دے سکتی ہے۔!"

"ایک رسّے سے کام نہیں چلے گا۔" جامو بولا۔ "اس ہاتھی کے بچے کو باہر گھسیٹنے کے لئے دو تین ایسی بیلیں چاہئیں۔"

تھوڑی دیر میں بچے گھر بنانا بھول گئے اور ہاتھی کو بچانے کی فکر میں ادھر ادھر مضبوط رسوں ایسی بیلوں کو ڈھونڈنے لگے۔ چند منٹوں میں چھ سات مضبوط بیلیں اکٹھی کر لی گئیں۔

جامو پانی میں گھس گیا۔ بہت دور نہیں گیا۔ جہاں تک احتیاط سے جا سکتا تھا گیا۔ وہاں سے اس نے ایک رسہ نما بیل کا گھیرا باندھ کر اسے ہاتھی کے بچے پر پھینکا، مگر بچہ گھیرے میں نہیں پھنسا ——— بیل پانی پر تیرنے لگی۔

پھر سونو نے کوشش کی۔ مگر وہ بھی ناکام رہا۔

گھنشیام بولا۔ "میں سب سے لمبا ہوں۔ ظاہر ہے مجھ کو دور تک اندر پانی میں جانا پڑے گا۔ مگر خود دلدل میں پھنس گیا تو مجھے کون نکالے گا۔ ؟"

سونو بولا۔ "تمہاری کمر میں رسہ باندھے دیتے ہیں۔ اگر ڈوبنے لگے تو فوراً کنارے پر کھینچ لیں گے۔!"

یہ ترکیب سب کو پسند آئی۔ گھنشیام، قاسم اور گوپال سنگھ کی کمر میں رسے باندھے گئے۔ وہ لوگ ہاتھی کے بچے کو قریب گئے اور انہوں نے اچھی طرح سے مضبوط بیلوں سے ہاتھی کے بچے کو جکڑ لیا۔ پھر خود کنارے پر آکر سب مل کر ہاتھی کے بچے کو کنارے کی طرف گھسیٹنے لگے!

سب نے مل کر زور لگایا تو ہاتھی کا بچہ دلدل سے نکلنے لگا۔ دلدل سے نکل کر اوپر کے پانی میں آگیا تو پھر پانی میں اس کا گھسیٹنا اس قدر مشکل کام نہ رہا۔ مگر ہاتھی بچہ ایک تو دلدل میں دھنسنے سے ڈرا ہوا تھا۔ دوسرے اس کے جسم میں جو رسے باندھے گئے تھے اس سے وہ اور گھبرا گیا تھا۔ پھر جب اسے گھسیٹا جانے لگا تو اور بھی ڈر گیا۔ بے چارہ نہیں جانتا تھا کہ اس کی جان بچائی جا رہی ہے۔! وہ تو سمجھ رہا تھا کہ کسی نئے خطرے میں گرفتار ہو رہا ہے۔ اس لئے زور زور سے چیخ رہا تھا۔

اس کی چیخوں کے باوجود سارا زور لگا کر بچے ہاتھی کے بچے کو پانی سے باہر گھسیٹ لائے۔ کنارے پر لاکر سارے بچے اس کے گرد جمع ہو گئے اور اسے تعجب اور حیرت سے دیکھنے

لگے۔ انہوں نے آج تک اتنا چھوٹا ہاتھی کا بچہ نہیں دیکھا تھا۔ سب بچے مل کر اس کے جسم سے دلدل کا کیچڑ چھڑانے لگے اور اس پر پانی پھینک پھینک کر اسے نہلانے لگے۔

کنارے پر پہنچ کر ہاتھی کے بچے کی جان میں جان آئی اور جب بچے اسے نہلاتے ہوئے اس سے کھیلنے لگے تو وہ اپنا سارا ڈر بھول گیا۔ اور بچوں کے ساتھ کھیلنے لگا۔ اور اپنی چھوٹی سی سونڈ میں پانی بھر کر ان پر پھینکنے لگا۔ تھوڑی دیر میں جھیل کا کنارہ بچوں اور ہاتھی کے بچے کی کلبلوں سے گونجنے لگا۔

یکایک ایک زور کی چنگھاڑ سنائی دی، اور ایک کالی بھجنگ دیوزاد ہتھنی جھیل کے کنارے آئی۔ اس کے لمبے لمبے کان غصے سے جھول رہے تھے اور سونڈ خطرناک طریقے سے اوپر اٹھی ہوئی تھی۔

اس خوفناک ہتھنی کو دیکھ کر لڑکے لڑکیاں چیخ مار مار کر ادھر ادھر بھاگنے لگے۔ صرف سونو اپنی جگہ کھڑا رہا۔ خوف سے اور حیرت سے اس کے قدم وہیں کے وہیں جم گئے تھے!

سونڈ اٹھا کر ہتھنی کے مونہہ سے ایک زور کی چنگھاڑ نکلی۔ سارا جنگل دہل گیا۔ پھر اس نے اپنا ایک پاؤں اوپر

اٹھایا۔

لڑکیوں نے خوف سے اپنی آنکھیں بند کرلیں۔ بچے ادھر ادھر جھاڑیوں میں چھپے ہوئے خوف زدہ نگاہوں سے اس منظر کو دیکھ رہے تھے۔ ان کا خیال تھا، ابھی ہتھنی زور سے اپنا پاؤں سونو پر رکھ دے گی۔ اور اس کا دم نکل جائے گا۔

سونو ہاتھی کے بچے سے لپٹ گیا۔ اور اس کی پیٹھ پر ہاتھ پھیرتے ہوئے ہتھنی سے بولا۔ "ہم نے تو تیرے بچے کی جان بچائی ہے۔ ہم تو تیرے بچے کو کچھ نہیں کہتے۔ ہاں۔ ہم تو اس سے کھیل رہے تھے۔ اس کو نہلا رہے تھے۔ یہ تیرا بچہ تو بالکل ہماری طرح ہے ہاں ــــــ!"

ہاتھی کا بچہ بے خوفی سے سونو کے جسم پر اپنی سونڈ پھیرنے لگا۔

ہتھنی نے قریب آکر اپنا پاؤں سونو پر رکھنے کے بجائے زمین پر رکھ دیا۔ پھر اس نے چاروں طرف سے اپنے بچے کو سونگھا۔ اور جب اسے اس طرف سے اطمینان ہوگیا تو اس نے سونو کو اپنی سونڈ کے گھیرے میں اٹھالیا۔

جھاڑیوں میں دبکے ہوئے بچوں نے خوف سے

اپنے مونہہ پر ہاتھ رکھ لئے۔ اب سونو کی جان گئی۔ !

مگر ہتھنی نے سونو کی جان نہیں لی۔ اس نے سونو کو سونڈ میں اٹھا کر اسے اپنے اوپر اپنی پیٹھ پر بٹھا لیا۔ اور اپنے بچے سے پیار کرنے لگی!

سونو چند لمحے تو دم بخود بیٹھا رہا۔ پھر ہتھنی کا رویہ سمجھ کر مارے خوشی سے چیخا۔

ہتھنی جنگل میں چلنے لگی۔ سونو اس کی پیٹھ پر اس کے کان میں جھک کر کہنے لگا۔

"ادھر چلو۔ ماں، اُدھر چلو۔ دیکھو ہم اپنا گھر بنا رہے ہیں۔ ہمارے گھر چلو۔ !"

ہتھنی سونو کے بتائے ہوئے راستہ پر چلنے لگی۔ ہاتھی کا بچہ اپنی ماں کے ساتھ ساتھ چلنے لگا۔

اس منظر کو دیکھ کر دوسرے بچے بھی جھاڑیوں سے باہر نکل آئے اور پہلے ڈرے اور سہمے ہوئے رہے پھر دھیرے دھیرے وہ بھی ہمت کر کے ہتھنی اور اس کے بچے کے ہمراہ چلنے لگے۔ جامو اور دوسرے بچے ہاتھی کے بچے اور ہتھنی کو گھاس توڑ توڑ کر پیش کرنے لگے۔

جنگل سے نکل کر قلعے کے قریب پہنچتے ہوئے سونو نے پھر ہتھنی کے کان میں کہا۔

" وہ گھر دیکھو ماں۔ ہم وہ گھر بنا رہے ہیں۔ مگر اس کے لئے ہمیں پیڑوں کی ضرورت ہے۔ پیڑوں کے مضبوط تنوں کی۔ مگر ہمارے پاس نہ تو کلہاڑا ہے۔ نہ آری ہے۔ ہم درخت گرائیں تو کیسے اور انہیں کاٹیں تو کیسے۔؟

ماں ـــــ ہماری مدد کرو۔ یہ دیکھو۔ وہ سامنے جو ناریل کا پیڑ نظر آرہا ہے۔ اسے گرا دو ماں۔ اس سامنے والے درخت کو گرا دو۔ ماں، ہمارا گھر بن جائے گا۔!"

نہ جانے ہتھنی نے کیا سمجھا۔ کیا نہ سمجھا۔ مگر وہ اپنے کان جھلاتے ہوئے آگے بڑھ گئی! پہلے تو اس نے ناریل کے تنے کے گرد اپنی سونڈ لپیٹ کر اس کی طاقت کا اندازہ کیا۔ پھر پیچھے ہٹ کر اسے ٹکر دی۔ تو دوسری ٹکر میں ناریل کا پیڑ لڑکھڑاتا ہوا بچوں کے سامنے جھولتا ہوا زمین پر گر پڑا۔

سارے بچے تالیاں بجا بجا کر خوشی سے ناچنے لگے۔

سونو کے کہنے پر ہتھنی نے ایک کے بعد دوسرا پیڑ گرا دیا۔ پھر تیسرا پھر چوتھا پھر پانچواں۔!

پھر اس نے سونو کو سونڈ سے اٹھا کر واپس اپنی پیٹھ سے زمین پر رکھ دیا۔ اور اپنے بچے کو لے کر واپس جنگل کی طرف چلی گئی۔

ہاتھی کی مہربانی سے وہ گھر جو شاید کئی مہینوں میں بنتا۔ چند دنوں میں بن کر تیار ہو گیا۔

جب گھر تیار ہو گیا۔ تو لڑکیوں نے کیلے کے پتوں کو سکھا کر اپنا قومی جھنڈا تیار کیا۔ اس پر پھول پتوں کے رنگ لگائے۔ اسے ایک ڈنڈے سے باندھ کر اپنے گھر کے اوپر لگا دیا۔ پھر سب بچے قلعہ کے قریب کی ندی میں نہا دھو کر اپنے گھر کے سامنے اکٹھے ہوئے ـــــ! گھنشیام سب سے پہلے اس گھر کے اندر جانا چاہتا تھا کہ حسنہ نے اسے روک کر کہا۔

حسنہ :۔ ٹھہرو، ٹھہرو، پہلے اس گھر کا نام رکھنا چاہیئے!

سونو :۔ ہاں ٹھیک ہے...... مگر اس گھر کا نام رکھیں گے کیا؟

گھنشیام :۔ یہ گھر میں نے بنایا ہے۔ اس لئے اس کا نام ہو گا گھنشیام پیلیس۔!"

رستم :- ٹھرا آیا راجہ کہیں کا۔ اس کا نام ہوگا رستم ولا۔

واسنت :- میں کہتا ہوں۔ واسنت بھون۔

قاسم :- میں کہتا ہوں قاسم محل!

واسنت :- واسنت بھون۔!

قاسم :- قاسم محل!

واسنت :- واسنت بھون!

قاسم :- قاسم محل!

واسنت :- واسنت بھون۔ واسنت بھون۔ واسنت بھون۔!

قاسم :- قاسم محل۔ قاسم محل۔ قاسم محل!

سدھا :- ارے بھئی کوئی ببری کی بات بھی تو سنو!

گھنشیام :- ہاں ہاں تم بھی بولو۔ گھر کا نام کیا ہوگا؟

ببری :- ہمارا گھر!

سونو :- ببری ٹھیک کہتی ہے یہ گھر ہم سب نے مل کر بنایا ہے سو اس کا نام ہونا چاہیئے ——— ہمارا گھر۔!

سب ملکر :- ہاں ——— ہمارا گھر!

جب گھر کے نام پر سب کا اتفاق ہو گیا تو سب نے مل

کر قومی ترانہ گایا اور گھر کے اندر داخل ہوئے۔ !

گھر بہت بڑا تھا۔ ایک طرف لڑکوں کے سونے کا کمرہ تھا۔ ایک طرف لڑکیوں کے سونے کا ___ ایک طرف کھانا پکانے کا کمرہ۔ ایک طرف پڑھنے کا کمرہ۔ لڑکیوں نے کیلے کے سوکھے پتے پر کیلنڈر بنایا تھا۔ اور مدرسے کی دیواروں پر رنگا رنگ نقشے تیار کئے گئے تھے اور دیواروں پر پھول پتیاں اور تصویریں بنائی تھیں !

آج گھر بن جانے کی خوشی میں لڑکیوں نے بڑے اہتمام سے کھانا بنایا تھا۔ مٹر کا شوربہ اور جنگلی مونگ پھلی کے کباب اور کھوپرے کی چٹنی اور ناریل کے مغز کی مزیدار نمکین ٹکیاں۔ تھوڑی سی چیزوں کو بدل بدل کر ان سے طرح طرح کے کھانے تیار کئے گئے۔ کھانا سامنے آتے ہی سب جٹ گئے اور سب نے خوب پیٹ بھر کر کھانا کھایا۔

پھر باہر درختوں کے سائے میں آکر مزے سے پاؤں پسار کر لیٹ گئے۔ اور اطمینان سے اپنے پیٹ پر ہاتھ پھیرنے لگے۔

میری :- بائی گاڈ آج ہم نے بہت کھایا۔

قاسم :- کیوں، واسنت۔ آج ہم سب نے مل کر کھانا بنایا اور سب نے مل کر کھایا۔ بڑا مزا آیا نا۔؟

واسنت :- مزا نہیں آیا۔ آنند پراپت ہوا۔

قاسم :- بڑا مزا آیا۔

واسنت :- میں کہتا ہوں آنند پراپت ہوا۔

قاسم :- مزا آیا۔

واسنت :- آنند پراپت ہوا۔

سدھا :- آنند —— کون آنند —— دیو آنند؟

قاسم :- آنند نہیں مزا۔

واسنت :- آنند!

رستم :- ارے باوا بداوی سالا۔ اپنے بولونی۔ ہم لوگوں نے کے ENJOY کیا۔!

واسنت :- رستم تم ہمارے بیچ میں مت بولو۔

قاسم :- ہاں تم ہماری بات میں دخل مت دیا کرو۔!

رستم :- ارے باوا۔ تم لوگ جھگڑتا ہے تو ہم بولتا ہے!

واسنت :- ہاں ہاں۔ ہم لڑیں گے ہزار بار لڑینگے تم کون ہوتے ہو ہمارے بیچ میں بولنے والے۔ لڑنا تو ہمارا

جنم ادھیکار ہے۔!

قاسم :۔ جنم ادھیکار نہیں پیدائشی حق ہے۔!

واسنت :۔ حق نہیں ادھیکار!

واسنت :۔ میں تیری چٹنی بنا دوں گا۔

قاسم :۔ میں تیرا اچار بنا دوں گا۔

واسنت :۔ بڑا آیا شیر خاں۔

سدھا :۔ شیر خاں ــــــ کون شیر خاں۔

گوپال :۔ شیر خاں نہیں شیر شاہ۔ جس نے بنگال سے لے کر کابل تک سڑک بنائی تھی۔

قاسم :۔ سڑک تو انگریز نے بنایا تھا۔

گوپال :۔ ارے او انگریز تر۔ کیا تو سمجھتا ہے انگریز سے پہلے ہمارے ملک میں سڑک بھی نہیں تھی!

قاسم :۔ ابے اپنی صورت تو دیکھ۔ بندر کہیں کا!

گوپال :۔ ارے بندر کا بچہ تو میرے باپ کو گالی دیتا ہے۔ میں تیرا انگوٹھا توڑ دوں گا۔!

قاسم :۔ میں تیرا سر توڑ دوں گا۔!

رستم :۔ ارے باوا۔ اس لڑنے کی سوں بات اچھے۔

سائنس کی بک میں تو لکھا ہے سب کے باپ کا باپ بندر رہی تھا۔

واسنت :۔ قاسم دیکھو، یہ تیرے میرے باپ کو

بندر کہتا ہے۔!

قاسم :۔ تو پھر دے ایک دبا کے۔!

(واسنت اور قاسم رستم کو مارتے ہیں۔ اور گھنشیام کو

آواز دیکر بلاتے ہیں۔)

گھنشیام :۔ شرم نہیں آتی چھوٹے بچوں پر ہاتھ

اٹھاتا ہے۔ قاسم !

سدھا :۔ تیرا بھائی میرے بھائی کو مار رہا ہے۔!

حسنہ :۔ پہل تو تیرے بھائی نے کی تھی۔ اپنے آپ

کو بڑا تیس مار خاں سمجھتا ہے نا !

سدھا :۔ میرے بھائی کو گالی دیتی ہے۔!

حسنہ :۔ پہلے تیرے بھائی نے میرے بھائی کو مارا !

سدھا :۔ پہلے تیرے بھائی نے میرے بھائی کو مارا !

(دونوں آپس میں لڑتی ہیں)

میری :۔ (گوری کے قریب جاتے ہوئے) گوری۔

آؤ ہم بھی لڑیں۔

گوری :۔ ہاں ہاں لڑیں گے۔ تو مجھے ماریں تجھے مارتی ہوں۔!

(واسنت چلاتا ہے)

واسنت :۔ گھنشیام بچاؤ ــــ بچاؤ !

سونو :۔ واسنت۔ قاسم مت لڑو۔ سدھا جسنہ کیا کر رہی ہو۔؟ مت لڑو۔ میں کہتا ہوں۔ مت لڑو۔

مگر اب گھمسان کی لڑائی شروع ہو چکی تھی۔ کوئی سونو کی نہیں سن رہا تھا۔ قاسم اور گھنشیام لڑ رہے تھے۔ واسنت اور گوپال لڑ رہے تھے۔ رستم کو دو لڑکے مل کر پیٹ رہے تھے۔ لڑکیاں بھی ایک دوسری کی چٹیا پکڑے ایک دوسرے کو گھسیٹ رہی تھیں! اس شور و غل، چیخ و پکار میں کوئی کسی کی نہیں سنتا تھا۔!

یکا یک سونو انہیں لڑنے سے منع کرتے کرتے چپ ہو گیا۔ چند لمحہ چپ رہا۔ پھر جونہی اس نے لڑتے ہوئے بچوں سے نگاہ پھیر کر ناامیدی سے سمندر کی طرف دیکھا۔ تو خوشی سے چلانے لگا۔

"اسٹیمر ــــ اسٹیمر......اسٹیمر!"

اسٹیمر اسٹیمر کہتا ہوا سونو سمندر کی طرف بھاگنے لگا!

اسی دم سب بچے لڑائی جھگڑا بھول کر سونو کے پیچھے پیچھے سمندر کی طرف بھاگنے لگے۔ بھاگتے بھاگتے گھٹنوں گھٹنوں پانی میں سمندر کے اندر چلے گئے۔!

دور افق پر جہاں آسمان اور سمندر ملتے ہیں۔ وہاں پر ایک اسٹیمر چلا جا رہا تھا۔

بچے گلا پھاڑ پھاڑ کر چلانے لگے۔ "اسٹیمر۔ اسٹیمر رک جاؤ۔ رک جاؤ! اسٹیمر!"

"ہم یہاں پر اکیلے ہیں۔ ہم کو بچا لو۔ اسٹیمر — ! اسٹیمر ادھر آؤ!"

گھنشیام :- میرا باپ تو بیس ہزار روپیہ انعام میں دے گا۔ اسٹیمر ادھر آؤ۔

"اسٹیمر رک جاؤ۔ میرے اچھے اسٹیمر........ رک جاؤ۔ ادھر آؤ ہمارے ٹاپو کی طرف۔" سدھا چیخ کر بولی۔

سارے بچے پانی میں کھڑے کھڑے ہاتھ ہلا ہلا کر اسٹیمر کو اپنی طرف بلاتے رہے۔ اور دھیرے دھیرے دور افق پر اسٹیمر ان کی نگاہوں سے دور ہوتا گیا — دور ہوتا گیا۔ حتیٰ کہ نظر

سے اوجھل ہو گیا۔ اب افق پر صرف پانی کی لکیر باقی رہ گئی جو آسمان کا کنارہ چھو رہی تھی۔

اسٹیمر نظر سے غائب ہو گیا۔ پھر بھی بچے دیر تک سر جھکائے پانی میں کھڑے رہے۔ سب سے چھوٹی بچی میری نے اپنا منہ ساحل کی ریت میں چھپا لیا۔ اور پھوٹ پھوٹ کر رونے لگی ——

"اسٹیمر —— اسٹیمر —— مجھے میری ممی کے پاس لے چلو! اسٹیمر میری ممی کہاں ہیں۔؟

میری رو رہی تھی۔ بچے سر جھکائے پانی میں کھڑے تھے۔ ان کے چاروں طرف سمندر بڑے زور سے گرج رہا تھا۔ اور سنسان ساحل کی ریت پر تیز اور بے رحم دھوپ چمک رہی تھی۔

گھر تیار ہوئے کئی مہینے گزر چکے تھے۔ اور اسکول کے بچوں کی ٹولی آہستہ آہستہ اس جزیرے پر رہنے سہنے سے مانوس ہو چلی تھی۔ اسی گھر کے اندر ایک چھوٹا سا اسکول کھل گیا۔ جس میں ہوشیار اور بڑی جماعت کے بچے اپنے سے چھوٹی جماعت کے بچوں کو پڑھاتے تھے۔ لڑکیاں پڑھنے کے علاوہ باورچی خانہ کا کام باری باری ڈیوٹی لگا کر دیتی تھیں۔ دو لڑکے کپڑے دھوتے تھے۔ جب کپڑے پھٹ گئے تو لڑکیوں اور لڑکوں نے چھال کوٹ کوٹ کر اور جنگلی پیڑوں کے موٹے موٹے ریشے دار تپے سکھا کر ان پر جنگلی پھولوں کا رنگ لگا کر اور اس میں نقش ونگار بنا کر نئے کپڑے تیار کیئے۔ انہیں سوئی کی بجائے کانٹوں اور دھاگے کی بیلوں کے مہین مہین ریشوں سے سیا گیا تھا۔ اور اب دیکھنے

ہیں یہ لوگ بالکل جنگل کے اصلی باشندے لگتے تھے۔ سونو نے پڑھائی کے علاوہ یہاں بھی موچی کا کام سنبھال لیا تھا۔ اور کاٹھ کی عمدہ عمدہ چپلیں بنائی تھیں۔ جو جنگل کے کانٹوں بھرے راستوں پر بڑا کام دیتی تھیں۔ سونو کا کتا جو کافی بڑا ہو گیا تھا، اب رات کو گھر کی رکھوالی کا کام کرتا تھا۔

بچے جسمانی محنت اور مشقت کے ایسے عادی ہو گئے تھے جیسے انہوں نے ساری زندگی اسی جنگل میں گزاری ہو۔ ہر بچہ ناریل کے پیڑ پر چڑھنا سیکھ گیا تھا۔ اور بہت سے بچے اب جامو کی تربیت پاکر مختلف خطرناک جنگلی جانوروں کی مخصوص بو دور ہی سے پہچاننے لگے تھے۔

بس ایک گھنشیام کوئی کام نہیں کرتا تھا۔ اپنی بہن سدھا کے سمجھانے بجھانے پر بھی اس میں کوئی تبدیلی پیدا نہیں ہوئی تھی۔ وہ دوسرے لڑکوں سے لڑتا جھگڑتا رہتا۔ ان کا حصہ چھین کر کھا جانا، بات بے بات پر بگڑ ہی جاتا۔ مگر اس کی بہن سدھا اتنی اچھی تھی کہ اس کی وجہ سے اکثر لڑکے اسے طرح دے جاتے۔ پھر یہ بات بھی تھی کہ ڈوبتے جہاز سے گھنشیام نے اپنا ٹرانزسٹر بھی بچا لیا تھا۔ جو ہمیشہ اس کی جیب میں رہتا تھا اور

شاید اسی لیئے بچ بھی گیا تھا۔ گھنشیام کے ٹرانزسٹر سے بچوں کو دنیا بھر کی خبریں اور عمدہ عمدہ گانے سننے کو مل جاتے۔ اس ٹرانزسٹر کی وجہ سے گھنشیام کے بہت سے گناہ معاف کر دیئے جاتے تھے۔

یوں تو دن اچھا گزر جاتا تھا، بلکہ دن بھر کی مشقت میں دن کے گزرنے کا پتہ ہی نہ چلتا تھا۔ لیکن جب رات آتی اور کھانا کھا کے بچے سونے کی تیاری کرتے تو گھنشیام اپنا ٹرانزسٹر کھول دیتا۔ سب بچے ٹرانزسٹر کے گرد جمع ہوکر ریڈیو کا پروگرام سنتے اور اس وقت تک اسے نہ بند کرتے جب تک کہ ریڈیو کا اناؤنسر اپنا پروگرام بند نہ کرتا۔ اپنے ملک سے، تہذیب سے زندگی سے، اس ٹرانزسٹر کی وجہ سے ایک عجیب سا رشتہ پیدا ہو گیا تھا۔ جو اس سنسان غیر آباد ٹاپو میں رہنے کے بعد اور واپس جانے کی ہر امید کے کھو جانے کے بعد بھی ان بچوں کے دل کے کسی نہ کسی گوشے میں امید کو زندہ رکھتا تھا ــــــ ریڈیو سنتے سنتے ان کی آنکھیں بھیگ جاتیں، دل زور سے دھڑکنے لگتے، ذہن میں اپنے گھر کی پیاری پیاری یادیں ابھرنے لگتیں۔ ماں باپ بھائی بہن یاد آنے لگتے۔ پھر یکایک ریڈیو بند ہو جاتا ــــــ اس ویران ٹاپو پر ہر طرف سناٹا

چھا جاتا اور بچے ایک دوسرے سے مونہہ چھپاتے ہوئے۔ اپنے آنسو پونچھتے ہوئے رات کے اندھیرے میں سمندر کی گرج کو سنتے ہوئے سو جاتے۔

ایک رات وہ اسی طرح کھانا کھانے کے بعد بیٹھے ہوئے ریڈیو سن رہے تھے کہ یکا یک ایک خبر نے انہیں چونکا دیا۔ اناؤنسر کہہ رہا تھا۔ " یہ آکاش وانی بمبئی ہے۔ پچھلے دنوں سمندری طوفان میں جو بچے لاپتہ ہو گئے تھے اور جن کی خبر خبر بے حد تلاش کے بعد بھی ہمیں اب تک نہیں مل سکی ہے، ہم ان بچوں کے نام باری باری اپنے اسٹوڈیو سے ان کے ماں باپ کے پیغام انہیں سنانا چاہتے ہیں۔

"لیجئے سنئے۔"

بچوں نے چونک کر ایک دوسرے کی طرف دیکھا۔ پھر ٹرانزسٹر کے گرد حلقہ تنگ ہو گیا۔ سب لڑکے لڑکیاں جو ادھر ادھر لیٹے ہوئے تھے، بھاگ کر ٹرانزسٹر کے بالکل قریب آ بیٹھے۔

اتنے میں گھنشیام کے باپ کی آواز سنائی دی۔

" ہلو بیٹے گھنشیام۔ ای سدھا۔ وہ ٹرانزسٹر تو ہے نا تمہارے

پاس، وہی جو گھنشیام کو اس کے برتھ ڈے پر اسے دیا تھا۔ جب سے تم لوگ گئے ہو تمہاری ممی ایک دن بھی کلب نہیں گئیں۔ ڈری۔ سچ پوچھو تو میرا دل بھی کلب میں نہیں لگتا۔ اور ہاں کتھے بھی ہو ڈری دری نہ کرنا۔ جو بھی میرے ڈارلنگ بچوں کو مجھ سے ملائے گا اس کے لئے میں نے پورے دس ہزار روپے کا انعام اناونس کیا ہے۔ گڈ نائیٹ بچو۔"

اس کے بعد رستم کے باپ کی آواز سنائی دی۔

(گجراتی میں) "بٹیا رستم ذرہیں۔ تمو بیوداُلاڈ خدا جانے کہاں ہو مارا بچہ اوتھے لوکو جہاں بھی ہو تیاں سکھی رہو۔ تماری ممی ہٹیو کارا بھاگی تیں چھے۔ بٹیا رستم تاری سسٹر نو تو خیال رکھیو۔"

پھر واسنت کے باپ نے مراٹھی میں کہا۔ "واسنت بال تو کٹھے آہس رے۔ کسا آہس۔ گیلا آہس تیا دوسا پاسن تجھی آئی فارچ چنتا کرت آہے۔ تیا چ بر دبر گنگو، ٹھکی، مائی۔ سندری، گنو، نانتیا، منّو، چنتو۔ بار کیہ ہی سرد منڈلی۔ تلا سمبٹیا ساٹھی انور آہٹ۔"

قاسم اور حسنہ کے باپ کی آواز آئی (گجراتی میں)

"قاسم اَپنے نانلی حسنہ مادا دالا بچہ او تما رو پیا چھوں، تماری بو، بھبوّ گھر ما چھے۔ نما کیاں چھے۔ کیے دی حالت ما چھو۔ خدا جانے۔ بٹیا قاسم تماری بہن زیج نائی چھے۔ تو توا پنا خیال رکھ جئے۔"

گوپال کے باپ نے پنجابی میں کہا۔ "گوپال تو کیسے ہوگا۔ جداں تو گیا تیری بہنا نے کھانا چھوڑ دتیا۔ چوئی گھنٹے روندی رہدی ہے۔ کہ میرے پاپے نو لیا دیو۔ پرہن پاپے تو جتھے ہوئے رب گمو دا نا بھلائی سب چنگا ہو جائے گا فکر نہ کری۔ ہمت نہ ہاری اور خوش رہ پتّر۔"

پھر جامو کے باپ کی آواز آئی۔ "جامو تم کدھر۔ ہم اکیلا تم کو دیکھتا تم خوش ہم خوش، تم روتا ہم رونا، اچھا نہیں لگتا۔ گھر اداس، کھانا نہیں بھوک نہیں۔ تم آتا، ہم دیوی ماتا کو بلی چڑھاتا۔"

اس کے بعد سیمی اور میری کے باپ کی آواز سنائی دی۔ "سیمی، مائی سوئٹ لِٹل چائلڈ، میری ڈارلنگ تم لوگ کیسا ہے۔ ہمارا ہارٹ تم کے واسطے بہت سیڈ ہے۔ ہم کو معلوم گاڈ ہم کو جاستی دارو پینے کے واسطے پنِش کیا۔ بائی گاڈ ادھر بیا

تم آئینگا ادھر ہیں دارو کا باٹلی بھی نہیں کرنیگا۔

اناؤنسر نے کہا۔ "شری گنپت پوار، آپ بھی اپنے بچے سونو کے نام سندیش دیجئے۔ یہ مائک ادھر ہے۔"

سونو کا باپ بولا۔ "سونو بٹیا کہاں ہے تو۔ کس حال میں ہے۔ سونو میں تو اندھا ہوں دیکھ نہیں سکتا۔ پر بٹیا، میرے دل میں تو بھگوان نے ایسا انوکھا ریڈیو لگا رکھا ہے جس سے تو کتنی دور بھی ہو میں تیری آواز سن سکتا ہوں۔ کیا تو بھی میری آواز سن سکتا ہے۔ سونو مجھے وشواش ہے کہ میرا سونو بہت جلد مجھ سے ملے گا۔ اور مجھے اتنا ہی کہنا ہے کہ بٹیا کیسی بھی مشکل پڑے ہمت نہ ہارنا۔"

اپنے اندھے باپ گنپت پوار کی آواز سنتے ہی سونو سسکیاں لے لے کر رونے لگا۔ پھر جب بوڑھے گنپت پوار کی آواز بند ہوگئی تو اناؤنسر نے دھیرے سے اس طرح کہا جیسے وہ سیکڑوں میل دور سے نہیں، بلکہ کہیں بہت قریب سے بول رہا ہو ——" لاپتہ بچوں کے لئے ایک پیغام ہے ......

لاپتہ بچوں کے لئے ایک پیغام ہے .... وہ جہاں کہیں بھی ہوں، ہمت نہ ہاریں۔ ہمت نہ ہاریں۔ ان کی

تلاش جاری ہے۔ انہیں ڈھونڈنے کے لئے ہر ممکن کوشش کی جارہی ہے۔"

یہ پیغام سن کر بچوں کے چہرے خوشی اور امید سے روشن ہو اٹھے، اور وہ مسرت سے چلّا چلّا کر ایک دوسرے کے گلے ملنے لگے۔ آج رات وہ پہلی مرتبہ اپنے سینے میں ایک روشن امید کو دبائے ہوئے سو گئے۔

اس پیغام کے ملنے کے کئی دن بعد تک بچے اطمینان سے کام نہ کرسکے۔ ان کی نظریں ہر وقت کبھی آسمان پر کسی ہوائی جہاز کی تلاش میں رہتیں۔ کبھی سمندر کی لہروں پر کسی دخانی جہاز کو ڈھونڈتیں۔ مگر جب پندرہ بیس دن اسی انتظار میں گزر گئے اور نہ کوئی ہوائی جہاز آیا نہ سمندری جہاز تو مایوس ہو کر بچوں نے پھر اسی جزیرے سے دل لگانا شروع کیا اور روزمرہ کے کاموں میں پہلے کی سی دلچسپی سے حصّہ لینے لگے۔ مگر اب انہوں نے اتنا اہتمام ضرور کر لیا تھا کہ وہ ہر روز شام کو قلعے کی سب سے اونچی برجی پر چڑھ کر

کر آگ جلاتے تھے تاکہ دور سے دیکھنے والوں کو اندازہ ہو سکے کہ اس چھوٹے سے ٹاپو پر بھی انسان رہتے ہیں۔ ممکن ہے اس جلتی ہوئی آگ کے الاؤ کو دیکھ کر کچھ لوگ انہیں ڈھونڈ نکالنے کو ادھر کا رخ کریں۔ ایک روز لڑکوں کی ایک ٹولی آگ جلاتی تھی دوسرے روز لڑکیوں کی ایک ٹولی۔ دن بھر لکڑیاں جمع کی جاتیں اور رات کو الاؤ سلگا دیا جاتا۔

ایک روز شام کو سورج ڈھلنے کے بعد سدھا مس باٹیبنی والا اور حسنہ کی ڈیوٹی لگی کہ وہ قلعہ کے پرانے کھنڈروں میں جائیں اور برجی پر چڑھ کر آگ جلائیں ــــ الاؤ کی لکڑیاں ان تینوں لڑکیوں نے اپنے سر پر اٹھا رکھی تھیں اور ان کے ساتھ سونو کا کتا بھی دم ہلاتے ہوئے چل رہا تھا۔ کچھ لڑکے جنگل میں گئے ہوئے تھے اور ابھی تک واپس نہیں آئے تھے۔ کچھ لڑکیاں رات کا کھانا پکانے میں مصروف تھیں۔ جامو، گوپال اور واسنت گھر کے باہر جنگلی رسیوں کو بٹ کر مچھلی پکڑنے کا جال بنانے میں مصروف تھے۔

اتنے میں قلعہ کے کھنڈروں سے کتے کے زور زور سے بھونکنے کی آواز آئی، پھر ایک دم لڑکیوں کی خوف اور دہشت

میں ڈوبی ہوئی چیخیں سنائی دیں۔ یہ آوازیں سنتے ہی گوپال، جامو اور واسنت قلعہ کی طرف بھاگے۔ پرانی اور شکستہ، سیڑھیاں چڑھ کر وہ کھنڈروں میں ادھر گھس گئے جدھر سے لڑکیوں کے رونے اور چیخنے کی آوازیں آرہی تھیں۔

وہاں جاکر انہوں نے ایک عجیب نظارہ دیکھا۔

——— سدھا اور مس باٹلیبنی والا ایک ٹوٹی ہوئی دیوار پر کھڑی ایک دوسرے سے لگی ہوئی خوف اور دہشت سے رو رہی تھیں۔ ننھی حسنہ آنکھوں کو دونوں ہاتھوں سے چھپائے ایک دیوار سے لگی رو رہی تھی۔ اس سے چند گز کے فاصلے پر سونو کا کتا ایک جھاڑی کے پیچھے ایک بھیڑیئے سے لڑ رہا تھا۔

بھیڑیا بار بار جھلا کر حسنہ کی طرف حملہ کرنے کی غرض سے دوڑتا۔ ہر بار کتا غرا کر اس کے سامنے آجاتا۔ اور جب بھیڑیا اس پر حملہ کرنے کی نیت سے آگے بڑھتا تو کتا نہایت چالاکی سے جھاڑی کے گرد چکر لگانے لگتا۔ اور زور زور سے بھونکنے لگتا۔

جب لڑکے وہاں پہنچے تو بھیڑیا اور کتا دونوں

ایک دوسرے سے بھڑ چکے تھے۔ بھیڑیا کتے سے بہت طاقت ور تھا۔ اس نے چند ہی واروں میں کتے کو کئی جگہ سے زخمی کر دیا۔ پھر بھی بہادر کتا برابر لڑتا رہا۔ لڑکوں نے وہاں پہنچتے ہی بڑے بڑے پتھر اٹھالئے اور زور زور سے چلا کر بھیڑیئے پر پھینکنے شروع کیے۔ ایک پتھر بھیڑیئے کی پیٹھ پر لگا۔ دوسرا اس کی گردن پر۔ یکایک بھیڑیئے نے کتے کو چھوڑ کر جامو، گوپال اور واسنت کی طرف دیکھا اور ادھر سے پتھروں کی بارش ہوتے دیکھ کر اس نے زخمی کتے کو وہیں چھوڑ کر بھاگنے ہی میں خیریت سمجھی۔ چند لمحوں میں وہ قلعہ کی شکستہ دیواریں اور سیڑھیاں پھلانگتا ہوا باہر جنگل میں غائب ہوتا نظر آیا۔

چیخ پکار سن کر اب قاسم، گھنشیام، سونو اور دوسرے بچے اور بچیاں بھی آپہنچے —— دیوار پر کھڑی ہوئی خوف زدہ لڑکیوں کو نیچے اتارا گیا۔ قاسم نے اپنی بہن حسنہ کو گود میں اٹھا کر پیار کیا۔ پھر سونو کی نظر اپنے کتے پر گئی۔ کتے کی آنتیں باہر نکل آئی تھیں۔ جگہ جگہ اُس کے جسم سے خون بہہ رہا تھا اور وہ بہادر مگر چھوٹا سا کتاّ

اب دھیرے دھیرے ٹیاؤں ٹیاؤں کرتا ہوا بہت سا خون بہہ جانے کی وجہ سے مر رہا تھا ــــ جب سونو نے اسے اپنی گود میں لیا تو اس کی آنکھوں میں ایک ہلکی سی چمک پیدا ہوئی اور دو ایک بار اس کی دم بھی ہلی، جیسے اس نے اپنے مالک کو پہچان لیا ہو۔ اور پہچان کر اسے آخری سلام کر رہا ہو ــــ پھر کتے نے درد کی ایک کراہ کے ساتھ دم توڑ دیا۔ اس کی آنکھوں کی پتلیاں ٹھہر گئیں۔ سونو اپنے بہادر کتے کو لئے لئے ہولے ہولے چلتا ہوا قلعہ کے کھنڈر سے باہر کی سیڑھیوں پر آ گیا اور مردہ کتے کے مونہہ کو اپنے گالوں سے لگا کر پھوٹ پھوٹ کر رونے لگا۔

انہوں نے کتے کو قلعہ کی سیڑھیوں کے نیچے ایک چھوٹے سے ٹیلے پر قبر کھود کر دبا دیا۔ باری باری ہر ایک بچے نے اس پر مٹی ڈالی۔ دنا مٹی جوان کے اپنے آنسوؤں سے نم تھی۔ پھر اس قبر پر انہوں نے ایک اونچا لمبا پتھر گاڑ دیا اور قبر کو چاروں طرف سے پھولوں سے ڈھک دیا۔

پھر سر جھکائے ہوئے سب لوگ وہاں سے چلے جیسے کسی اپنے عزیز دوست سے بچھڑ کر جا رہے ہوں۔

اس رات کسی نے کھانا نہیں کھایا، کسی نے ٹرانزسٹر نہیں سنا۔ کسی نے کسی سے بات نہیں کی۔ سب کے دل بھرے ہوئے تھے۔ آج انہوں نے موت کو اتنے قریب سے دیکھا تھا۔ اور بہادری کو بھی۔ ایک جانور نے اپنی جان دے کر ان کی جان بچائی تھی۔ ایک جانور نے انہیں وفا کا سبق پڑھایا تھا۔ ایک جانور نے انہیں جینے کا سلیقہ بتایا تھا۔ اس ایک رات میں سونو اور بہت سے دوسرے بچوں کو ایسا لگا جیسے ایک رات ہی میں ان کی عمر میں کئی برس کا اضافہ ہو گیا ہے۔

ایک دن گھنشیام، موٹا رستم اور واسنت قلعہ کے کھنڈروں میں کھیل رہے تھے۔ گھنشیام ایک اونچے پیڑ کی ڈال پر لٹکے ہوئے کسی جنگلی پرند کے سوکھے ہوئے گھونسلے کو اتار نے میں مصروف تھا۔ کہ اتنے میں ڈالی چرچرا کر ٹوٹنے لگی گھنشیام نے بڑی ہوشیاری سے کام لیا۔ اسی وقت نیچے چھلانگ لگا دی۔ وہ نیچے جھاڑیوں میں آرہا۔ اسے زیادہ چوٹ تو نہیں آئی۔ البتّہ ایک ٹخنہ ذرا سا چھل گیا اور خون بہنے لگا۔ بہتے ہوئے

خون پر مٹی ڈالنے کے لئے اس نے جو جھاڑی کے قریب سے مٹی اٹھائی تو مٹی میں اسے ایک سکہ ملا۔

گھنشیام بڑی حیرت سے اس سکہ کی طرف دیکھنے لگا۔ پھر اپنی آستین سے رگڑ رگڑ کر اس نے سکہ کو صاف کیا۔ اندر سے پیلا سنہرا سونے کا رنگ نکل آیا۔

اتنے میں رستم اور واسنت بھی اس کے قریب آ چکے تھے اور وہ سبھی جھک کر اس سکہ کو دیکھ رہے تھے۔ یکایک رستم خوشی سے چیخا۔

"ارے یہ تو اشرفی ہے۔ سونے کی گنی ......!"

"کہاں سے ملی۔؟" واسنت نے پوچھا۔

"یہیں سے!" گھنشیام نے جھاڑی کے قریب اشارہ کر کے بتایا۔

"ششش!" واسنت نے انگلی اپنے ہونٹوں پر رکھ کر کہا۔ "کسی کو بتانا نہیں!"

"آؤ اس جگہ کو کھودیں۔" گھنشیام نے اِدھر اُدھر دیکھ کر کہا۔

تینوں لڑکوں نے جلدی جلدی جھاڑی کو نوچ نوچ

کے الگ کیا۔ جھاڑی کے نیچے کے پتھر جو ڈھیلے ہو چکے تھے اور اپنی جگہ سے کھسک رہے تھے، انہیں زور لگا کر الگ کیا تو پتھروں کے نیچے دھات کا ایک بڑا کنڈا نظر آیا۔

چند لمحوں کے لئے گھنشیام، واسنت اور رستم حیرت سے اس بڑے کنڈے کو دیکھتے رہے۔ پھر ایک دوسرے کی طرف دیکھنے لگے۔ مسرت اور اشتیاق سے تینوں کی آنکھیں چمک رہی تھیں۔

"چلو، زور لگاؤ۔" گھنشیام نے کنڈے کو اپنی طرف کھینچنے کی کوشش کرتے ہوئے کہا۔ جب تینوں نے زور لگایا تو کنڈا اپنی جگہ سے ہلا۔ ہلتے ہی زور کی گڑگڑاہٹ پیدا ہوئی۔ ڈر کے مارے اسی وقت گھنشیام، واسنت اور رستم نے کنڈا چھوڑ دیا اور ذرا دور کھڑے ہو گئے۔

گڑگڑاہٹ بڑھتی جا رہی تھی۔ لڑکوں نے دیکھا کہ جہاں کنڈا تھا وہاں ایک سوراخ پیدا ہو رہا ہے ــــ یہ شگاف بڑھتے بڑھتے اتنا بڑھ گیا کہ ایک آدمی اس کے اندر بخوبی داخل ہو سکتا تھا۔ پھر ایک جھٹکے کے ساتھ گڑگڑاہٹ بند ہو گئی ــــ اب تینوں لڑکے اس تاریک شگاف کی

طرف دیکھ رہے تھے۔

"تہہ خانہ!" گھنشیام نے ہمت کر کے شگاف کے اندر جھانکا۔

نیچے دور تک پتھروں کی سیڑھیاں ایک تہہ خانے کے اندر چلی گئی تھیں۔

سب ایک دوسرے کو اندر چلنے کے لئے ٹھوکے دینے لگے۔

گھنشیام کچھ لمحوں تک تو چپ کھڑا رہا۔ پھر اس نے اپنا پاؤں شگاف کے اندر ڈال دیا۔ اور پھر دھیرے دھیرے اس کا سارا جسم سوراخ کے اندر داخل ہو گیا۔ پھر ایک جھٹکے سے وہ نیچے سیڑھیوں پر جا گرا۔ مگر گرتے گرتے سنبھل گیا۔

"آجاؤ۔" گھنشیام نے واسنت سے کہا۔

گھنشیام کے بعد واسنت سوراخ میں غائب ہو گیا۔ آخر میں رستم بھی ہمت کر کے نیچے اتر گیا۔ مگر اسے نیچے اتارنے کے لئے گھنشیام اور واسنت دونوں کو اس کی مدد کرنی پڑی۔

سیڑھیوں کی ایک لمبی قطار نیچے کو جا رہی تھی۔ پتھر کے زینے کے دونوں طرف بڑے بڑے پتھروں کی مضبوط دیواریں

تھیں۔ پچاس ساٹھ سیڑھیاں اتر جانے کے بعد انہیں تہہ خانے کا دروازہ ملا۔ لکڑی کا بڑا بھاری اور مضبوط دروازہ جس پر لوہے کے پتّر جڑے ہوئے تھے۔ یہ دروازہ آدھا کھلا تھا۔ آدھا بند تھا۔ دروازہ پر دو تین انسانی کھوپڑیاں اور ان کے پنجر آپس میں الجھے ہوئے ملے ـــــ آس پاس کئی تلواریں کلہاڑے اور بندوقیں پڑی تھیں۔ ایسا معلوم ہوتا تھا کہ تہہ خانے کے دروازے پر کوئی لڑائی جھگڑا ہوا ہے۔

لڑکے پہلے تو چپ چاپ ان پنجروں کو دیکھتے رہے پھر ہمت کر کے گھنشیام نے دروازہ کو دھکا دیا۔ چرّخ چوں کی آواز پیدا کرتے ہوئے تہہ خانے کا دروازہ دھیرے دھیرے اندر کو گھوم گیا۔

اندر گھپ اندھیرا تھا۔ کچھ نظر نہیں آتا تھا۔ سنت وا نے جیب سے چقماق نکال کر ادھر ادھر گھاس پھوس کو ڈھونڈ کر آگ جلائی۔ کمرہ روشن ہوا تھا۔

یہ تہہ خانہ ایک قدرتی غار سا تھا۔ دیواریں چٹانوں کی تھیں۔ چھت چٹان کی تھی۔ فرش کی مٹی میں سے چٹانیں اوبڑ کھابڑ کھڑی تھیں جنہیں انسانی ہاتھوں نے کاٹ

کاٹ کر چھوٹا سا طاقچہ بنایا گیا تھا۔ جس کے اندر ابھی تک مٹی کا ایک دیا پڑا تھا۔

گھنشیام نے مٹی کے دیئے کو اٹھاتے ہی پھینک دیا۔ اس کے اندر ایک بچھو بیٹھا تھا۔ دیا زمین پر گر کر ٹوٹ گیا۔ بچھو اپنا ڈنک اٹھائے ہوئے سرکتا ہوا کسی چٹان کی دراز میں غائب ہو گیا۔

معلوم ہوتا تھا کہ تہہ خانے کے اندر کبھی گھمسان کی لڑائی ہوئی تھی۔ چاروں طرف انسانی پنجر پڑے تھے۔ انسانی پنجروں کے سوا تہہ خانہ میں کچھ نہ تھا۔

"چلو۔ چلو، بھاگ چلو یہاں سے۔" موٹا رستم خوف سے لرزتی ہوئی آواز میں بولا۔

"ہاں ٹھیک ہے، چلو چل دیں یہاں سے۔___" واسنت بولا۔

"مجھے تو ان کھوپڑیوں کو دیکھ کے ڈر لگتا ہے۔"

"یہ کیا ہے۔؟ یکایک گھنشیام کی نظر ایک کونے میں دیوار میں کھدی ہوئی گنیش جی کی مورتی پر گئی۔ گنیش جی کی مورتی کی سونڈ پر سیندور لگا ہوا تھا جو اب کالا پڑ گیا تھا۔ سونڈ

کے آخر میں لوہے کا چھلا پڑا ہوا تھا۔

گھنشیام نے اس چھلے کو ڈرتے ڈرتے ہاتھ لگایا۔ پھر پکڑ کر اسے کنڈے کی طرح جو کھینچا تو بالکل اسی طرح کی گڑگڑاہٹ سنائی دینے لگی۔ جیسی کنڈے کو کھینچتے وقت پیدا ہوئی تھی۔ گڑگڑاہٹ بند ہوتے ہی گنیش جی کی آنکھیں لال بتیوں کی طرح چمکنے اور بجھنے لگیں۔ پھر ایک کھٹکے کے ساتھ دیوار کا ایک حصہ پھسلواں دروازے کی طرح اپنی جگہ سے کھسک گیا۔

دروازے کے ہٹتے ہی ایک محراب نما کمرہ نظر آیا۔ جس میں لوہے کے تین بڑے بڑے صندوق رکھے ہوئے تھے۔

ایک صندوق سونے کی اشرفیوں سے بھرا ہوا تھا۔ دوسرا صندوق قیمتی زیوروں اور خوب صورت کپڑوں سے بھرا ہوا تھا۔ تیسرے صندوق کا ڈھکنا جو اٹھایا تو آنکھیں موتیوں اور ہیرے جواہرات کی چمک سے چندھیانے لگیں۔ سارا کمرہ ان کی روشنی سے جگمگانے لگا۔

"خزانہ ــــــ!"

گھنشیام نے دونوں مٹھیاں سونے کی اشرفیوں سے بھر لیں۔ پھر واپس انہیں صندوق میں گرانے لگا۔ سونے کی چھنا چھن کی سنہری آواز سے اس کے ہونٹوں پر ایک فاتحانہ مسکراہٹ آگئی۔

پھر اس نے قیمتی زیورات سے بھرے ہوئے صندوق کی طرف توجہ کی ــــــ ڈھکنے پر ہڈیوں اور کھوپڑیوں کی مہر تھی۔ اور رومن حرفوں میں کچھ لکھا ہوا تھا۔

گھنشیام پڑھتے ہوئے بولا۔ " ارے یہ تو پرتگالی بحری لٹیروں کا خزانہ ہے۔ !"

موٹا رستم ہیرے جواہرات کے صندوق کی طرف بڑھا تو گھنشیام نے اسے فوراً روک دیا۔

" اس خزانے کو میں نے دریافت کیا ہے گھنشیام بولا۔ " اس لئے اس خزانے کا مالک میں ہوں۔ !"

موٹا رستم آگے بڑھتے بڑھتے رک گیا۔ گھنشیام بولا۔ " چونکہ تم نے میری مدد کی ہے۔ اس لئے تم دونوں کو بھی میں اس خزانے میں سے حصہ دوں گا۔ مگر اور کسی کو نہیں۔ "

" ٹھیک ہے ۔ " واسنت بولا ۔ اس کی لالچی نگاہیں بار بار موتی اور جواہرات کے صندوق پر پڑنے لگیں ۔

گھنشیام نے کہا ۔ " قسم کھاؤ ، تم اس خزانے کا راز کسی کو نہیں بتاؤ گے ۔ "

واسنت اور رستم دونوں نے قسم کھائی ۔

" قسم کھاؤ ۔ " گھنشیام بولا ۔ " تم دونوں میرے ساتھ مل کر اس خزانے کی حفاظت کرو گے ۔ اور کسی دوسرے لڑکے اور لڑکی کو اس خزانے کو ہاتھ لگانے نہیں دو گے ۔

—— ! "

" ہم قسم کھاتے ہیں ۔ " واسنت اور رستم دونوں بولے ۔

" آج سے ہم تینوں ایک ہیں ۔ " گھنشیام بولا ۔ اور اس نے دونوں ہاتھوں سے رستم اور واسنت کے ہاتھ پکڑ لئے ۔

" میں راجہ اس ٹاپو کا .... تم وزیر بنو گے واسنت ، اور یہ موٹا رستم ہمارا سپہ سالار ہوگا ۔ "

" راجہ جی کی جے ۔ " واسنت اور رستم دونوں چلا کر بولے ۔

گھنشیام نے ان کے ہاتھ چھوڑ دیئے اور صندوقوں کی طرف اشارہ کرکے بولا۔

"لے لو۔ ان صندوقوں میں سے جو لینا چاہتے ہو۔ اپنی اپنی جیبیں بھرلو۔"

واسنت اور رستم اشارہ پاتے ہی صندوقوں کی طرف خوشی خوشی دوڑے۔

جب تینوں قلعہ سے باہر نکلے تو گھنشیام سچ مچ کا راجہ لگ رہا تھا۔ گلے میں موتیوں کی مالائیں پہنے، انگلیوں میں ہیرے کی انگوٹھیاں سجائے سر پر زیورات کو الٹا سیدھا باندھ کر تاج کی طرح رکھے۔ ایک خوب صورت لال رنگ کا چوغہ پہنے ہوئے وہ سچ مچ راجہ لگ رہا تھا۔ اس کے دائیں بائیں واسنت اور رستم چل رہے تھے۔ انہوں نے بھی خوب صورت لباس پہن رکھے تھے۔ مگر اتنے خوبصورت نہیں جتنے راجہ جی کے تھے۔ واسنت کے گلے میں رستم کے مقابلے میں موتیوں کی مالائیں زیادہ تھیں۔ وہ وزیر جو تھا۔ موٹا رستم ہاتھ میں ایک کلہاڑا لئے لیفٹ رائٹ کرتا ہوا چل رہا تھا۔ اور پکارتا جاتا تھا۔ " با ادب باملاحظہ

ہوشیار۔ بادشاہ سلامت کی سواری آرہی ہے۔"

چند منٹ میں خزانے کی دریافت کی خبر سارے لڑکے لڑکیوں کو ہوگئی۔ سب اپنا کام کاج چھوڑ کے ان تنبوں کی طرف بھاگے اور حیرت اور مسرت سے ان کے گرد جمع ہو گئے۔

جب سب جمع ہو گئے تو گھنشیام ایک اونچے ٹیلے پر چڑھ گیا۔ اس کے دائیں بائیں اس کا وزیر اور سپہ سالار بھی کھڑے ہو گئے۔ اس نے اعلان کیا۔

"آج سے ہم اس ٹاپو کے راجہ ہیں۔ راجہ گھنشیام داس چوکھالی۔ ٹاپوئے اعظم!"

"یہ ٹاپوئے اعظم کیا ہوتا ہے؟" جامو نے سونو سے پوچھا۔

سونو سر کھجا کر بولا۔ "مغل اعظم قسم کی کوئی چیز معلوم ہوتی ہے۔"

سب لڑکے لڑکیاں تالی بجا کر چلائے۔ "ٹاپوئے اعظم زندہ باد!"

گھنشیام نے کہا۔ "آج سے ہم تمہارے راجہ

ہیں۔ تم ہماری پرجا ہو۔ آج سے تم وہی کروگے جس کا حکم دیں گے۔ کیوں وزیر۔؟"

"ہو!" واسنت نے سر ہلایا۔

"کیوں سپہ سالار؟" گھنشیام نے رستم کی طرف دیکھا۔

"سارو چھے!" رستم بولا۔

"جو حکم، کہو" گھنشیام گرج کر بولا۔ "با ادب بولو۔"

کچھ عرصہ تک تو بچے اس کھیل سے لطف اٹھاتے رہے۔ اور راجہ جی، وزیر صاحب اور سپہ سالار کے ناز سہتے رہے مگر بہت جلد ہی اکتا گئے۔ انہیں یہ جان کر بڑی حیرت ہوئی کہ یہ سب کھیل نہیں تھا۔ گھنشیام اور رستم اور واسنت واقعی اپنے آپ کو راجہ، سپہ سالار اور وزیر سمجھنے لگے تھے۔ اور یہی سمجھ کر لڑکوں لڑکیوں پر حکم چلاتے تھے۔

"میں تمہاری نوکر نہیں ہوں۔" حسنہ نے ایک

دن چڑھ کر گھنشیام سے کہا۔

اس نے حسنہ سے ناریل کا پانی پلانے کو کہا تھا۔

"تم خود جا کر ناریل پھوڑ و اور اس میں سے پانی پیو۔ !"

گوپال نے راجہ جی کے کپڑے دھونے سے انکار کر دیا تھا۔ آج سے پہلے ہمیشہ تم اپنے کپڑے خود دھوتے تھے۔ آج تمہیں کیا ہوا ہے۔ ؟"

"آج سے ہم راجہ ہیں۔" گھنشیام گرج کر بولا۔

"آج سے ہم اپنے کپڑے خود نہیں دھو سکتے۔"

"کپڑے خود نہیں دھو سکتے۔ روٹی خود اٹھا کر نہیں کھا سکتے، پانی خود جا کر نہیں پی سکتے۔" سونو غصہ سے بولا۔ "ارے تم راجہ ہو کہ اپاہج ہو۔"

"گستاخ !" گھنشیام نے بھری قزاقوں والی بندوق اٹھا لی اور اسے تان کر بولا۔ "گستاخ سونو، ہمارے سامنے بولتا ہے۔ ابھی گولی مار دوں گا۔ !"

سدھا سہاگی بھاگی آ گئی۔ "بھیا تمہیں کیا ہو گیا ہے۔ ؟"

"اس سے کہو ہم سے معافی مانگے۔" گھنشیام

نے سونو کی طرف اشارہ کر کے سدھا سے کہا۔ " راجہ جی سے معافی مانگنی پڑے گی۔ نہیں تو گولی سے اڑا دوں گا۔"

"جو لڑکا یا لڑکی راجہ جی کا حکم نہیں مانے گا۔" واسنت وزیر صاحب بولے۔ "اسے گولی سے اڑا دیا جائے گا۔"

سب کے کہنے پر سونو نے غلطی کا اقرار کر لیا۔

چند دن کے بعد اس چھوٹے سے ٹاپو پر بچوں کی دو ٹولیاں بن گئیں۔ ایک ٹولی میں راجہ گھنشیام داس وزیر واسنت اور سپہ سالار رستم موٹا شامل تھے۔ دوسری ٹولی میں باقی بچے گھنشیام نے اپنی بہن سدھا کو زیوروں کا لالچ دے کر اور اپنا رشتہ جتا کر اسے راج کماری بنانا چاہا تھا۔ مگر سدھا نے ان احمقوں کی ٹگرام میں شامل ہونے سے صاف انکار کر دیا تھا۔

" تمہارا تو دماغ چل گیا ہے گھنشیام " سدھا بولی۔ " تمہیں تو اب ٹھیک کرنا پڑے گا۔"

مگر ٹھیک کون کرتا۔ ؛ گھنشیام کے پاس بجری فزانوں والی بندوق تھی۔ وزیر کے پاس تلوار تھی۔ اور موٹا رستم بات بے بات پر کلہاڑا سنبھال کر دھمکی دیتا تھا۔

لہٰذا ڈر کے مارے اب بچوں کو وہ سب کام ان کے کرنا پڑتے تھے جو اس سے پہلے یہ تینوں خود کرتے تھے۔ باقی بچوں کی حیثیت ان کے نوکروں کی سی ہو گئی تھی۔ وہ بس بیٹھے بیٹھے حکم چلاتے رہتے تھے۔ بچے دل ہی دل میں کڑھتے تو بہت تھے مگر گھنشیام کی بندوق اور واسنت کی تلوار اور رستم کا کلہاڑا دیکھ کر چپ ہو جاتے اور مجبور ہو کر ان تینوں کے حکم بجا لاتے۔

ایک دن گوپال نے دانت پیس کر سونو سے کہا۔

"اب گھنشیام کا حکم مجھ سے مانا نہیں جاتا۔ میں تو لڑائی کروں گا۔"

قاسم بولا۔ "میں تمہارے ساتھ ہوں۔ کم بخت نے کل رات مجھ سے پاؤں دبوائے تھے۔"

سونو نے اندیشہ ظاہر کیا۔ "وہ گولی ماردیگا۔"

جامو نے دلبری سے کہا۔ "مارتا ہے تو مارنے دے بدمعاش کو مجھے روز نہلانا پڑتا ہے۔ اس کو بھی اور اس کے سپہ سالار کو بھی۔ رستم کو نہلانا اتنا ہی مشکل کام ہے جتنا بھینس کو نہلانا۔"

مس باٹبنی والا نے شکایت کی۔ "مجھے راجہ جی کے سر کی جوئیں چننے کا کام سپرد ہوا ہے ...... کتنا گندا ہے یہ گھنشیام !"

حسنہ نے موہنہ لبسورتے ہوئے کہا۔ "کل رات کے کھانے میں ذرا دیر ہو گئی، تو کیلے کا تپل تمہارے راجہ جی نے میرے موہنہ پر کھینچ مارا .... بڑا آیا راجہ کہیں کا .... رزق کی بے عزتی کرتا ہے۔ کیسی کیسی مصیبت سے اور کیسے کیسے جتن سے تو ہم کھانا پکاتے ہیں۔ اور یہ ہمارے موہنہ پر پھینک دیتا ہے۔"

"کیا کہتا تھا ؟" سونو نے پوچھا۔

"کہتا تھا، کھانا بے مزہ ہے۔" حسنہ کی آنکھوں میں آنسو آ گئے۔

"میں کڑی باز کو مزہ چکھاؤں گا۔" قاسم نے اپنے ہاتھ کی مٹھی کس کے بولا۔

"مگر کیسے ؟" جامو نے پوچھا۔

سونو نے کہا "ایک ترکیب میں نے سوچی ہے۔

!—"

"تباؤ ـــــ ؟" قاسم چونک کر بولا۔

"کان میں تباؤں گا۔" سونو نے قاسم کو اپنے قریب بلایا اور اس کے کان میں کچھ کہا۔ قاسم بات سنتے ہی قہقہہ مار کر ہنسنے لگا۔

اس دن بچوں نے راجہ جی سے بے حد وفاداری کا ثبوت دیا۔ بھاگ بھاگ کر گھنشیام، واسنتی اور رستم کے کام کرتے رہے۔ اور مسکرا کر ہاتھ جوڑ کر اور ہمیشہ "جی" کہہ کر ہر حکم بجا لائے۔ کیلے کے پتوں پر طرح طرح کے کھانے سجا کر ان کی خدمت میں پیش کئے اور جب تک راجہ کھانا کھاتے رہے۔ لڑکیاں پتوں بھری ڈالیاں ہاتھ میں لئے چنور کی طرح ہلاتی رہیں۔

لیکن جب رات گہری ہوئی اور راجہ جی اور ان کا وزیر اور سپہ سالار سو گئے۔ تو قاسم، سونو، جامو اور گوپال اپنی سونے کی جگہ سے دھیرے سے اٹھے اور آہٹ پیدا کئے بغیر انہوں نے بڑی ہوشیاری سے وزیر کی تلوار، سپہ سالار کا

کلہاڑا اور راجہ جی کی بندوق اپنے قبضے میں لے لی اور ان تینوں ہتھیاروں کو لے کر وہ گھر سے باہر نکل گئے۔

چلتے چلتے وہ سمندر کے ساحل پر آ نکلے۔ چاندنی چھٹکی ہوئی تھی اور سمندر کی لہریں جھاگ کے لہریے پیدا کرتی ہوئی ساحل سے ٹکرا رہی تھیں۔ چاروں لڑکے ساحل پر چلتے چلتے دور ایک پہاڑی ٹیلے کے پیچھے چلے گئے۔ اور ایک جگہ جہاں سمندر بہت گہرا تھا۔ انہوں نے سارے ہتھیار پانی میں پھینک دیئے اور پھر چپکے سے واپس آ کر سو گئے۔

صبح کو جب راجہ جی کو بندوق نہیں ملی اور رستم کو اس کا کلہاڑا اور وزیر کو اس کی تلوار، تو یہ تینوں لڑکے بڑے گھبرائے۔ مگر باقی بچے تھے کہ اسی طرح مستعدی سے سب کام ان لوگوں کے کئے جا رہے تھے۔ ان کے حکم بجا لانے میں کسی طرح کی کمی نہ آئی تھی۔ اس سے راجہ جی کو کسی قدر اطمینان ہو گیا۔

دوپہر کے قریب جب کھانے کا وقت ہو گیا تو پہلے کی طرح سب کے لئے الگ دسترخوان بچھا۔ راجہ جی وزیر اور سپہ سالار کے لئے الگ، اور باقی بچوں کے لئے الگ۔ لڑکیاں

کیلے کے ہرے ہرے خوشنما پتوں پر طرح طرح کے کھانے سجائے چنور ہلاتی ہوئی آگے بڑھیں اور انہوں نے کھانا راجہ جی وزیر اور سپہ سالار کے سامنے رکھ دیا۔

مگر یہ دیکھ کر گھنشیام کو بڑی حیرت ہوئی کہ آج کھانے میں کھانوں کی چیزوں کی جگہ ہیرے، موتی اور سونے کی اشرفیاں سجی ہوئی تھیں۔

"یہ کیا نداق ہے۔؟" گھنشیام بولا۔

"یہ نداق نہیں ہے کھانا ہے۔" حسنہ بولی۔

"ہم یہ پتھر کھائیں گے؟" بے چارہ رستم بڑی حیرت سے کہنے لگا۔

"جن پتھروں کے لئے تم ہم سے الگ ہوئے، وہی پتھر تم کھاؤ گے۔" سدھا بڑے میٹھے لہجہ میں بولی۔

"یہ کیا بکواس ہے۔؟" گھنشیام غصے سے بولا۔

قاسم نے کہا۔ "یہ بکواس نہیں ہے مہاراجہ صاحب، یہ تو آپ کی دولت ہے۔ کھایئے نا اسے۔ سونے کے لڈو، ہیرے کی برفیاں، اشرفیوں کے چاکلیٹ!"

گھنشام چیخا۔ "یہ سب کوئی کیسے کھا سکتا ہے۔؟"

گوپال نے مشورہ دیا۔ "کوشش کرو ـــــ ٹاپوئے اعظم !"

گھنشیام غصے میں اٹھا اور گوپال کے گھولنہ مارنے کے لئے آگے بڑھا۔

یکایک قاسم، جامو، گوپال، سونو سب آگے آگئے اور سینے تان کر بولے۔

"آگے بڑھے تو اچھا نہیں ہوگا، گھنشیام !"

گھنشیام رستم اور واسندت نے جب سب بچوں کو اپنے خلاف صف باندھ کر لڑنے کے لئے تیار دیکھا تو پیچھے ہٹ گئے۔ بچوں نے ان تینوں کو دھکیل کر اپنے گھر کے اندر کے اسکول کمرے میں بند کر دیا اور خود مزے سے کھانا کھانے لگے۔!

رستم موٹا بھوک سے بہت بے تاب ہو رہا تھا! اس نے کمرے کی کھڑکی سے جھانک کر دوسرے کمرے میں دیکھا جہاں سب بچے مل کر کھانا کھا رہے تھے۔ اس کی رال ٹپکنے لگی۔ اس لئے جامو کو ہاتھ کے اشارے سے اپنے قریب بلایا اور اس سے پوچھا۔

"کیا ہمیں کھانا نہیں ملے گا۔ ؟"

"نہیں۔"

"کسی شرط پر نہیں۔ ؟" واسنت بولا۔

"ایک شرط پر مل سکتا ہے۔" سونو بولا۔ "جو کام کرے گا، کھانا کھائے گا۔ کام نبد۔ کھانا بند۔"

واسنت نے اقرار کیا۔ "بس کام کرنے کے لئے تیار ہوں۔"

گھنشیام نے اسے ڈانٹا۔ "خبردار مہامنتری! پھر ایسی بات کی تو وزارت چھین لوں گا۔"

رستم نے سمجھایا۔ "مان جاؤ راجہ صاحب۔ کام کرو تو ہم سب مل کے کھائیں گے۔"

اتنے میں دوسرے لڑکے لڑکیاں اٹھ کر قریب آگئے اور ان تینوں لڑکوں کا مونہہ چڑاتے ہوئے ناچنے گانے لگے۔

راجہ جی پچھتائیں گے، روئیں گے اور گائیں گے۔
سونا چاندی نگلیں گے اور موتی کھائیں گے
روٹی کبھی نہ پائیں گے۔
روٹی کبھی نہ پائیں گے

اجی روٹی کبھی نہ پائیں گے

ناچتے ناچتے سب بچوں نے ان تینوں کو انگوٹھا دکھا کر گاتے ہوئے کہا۔

ٹھینگا ——— ٹھینگا ——— ٹھینگا ——— اور

پھر کورس شروع ہوا۔

راجہ جی پچھتائیں گے، کام سے جان چرائیں گے
سوکھی مٹی پھانکیں گے۔ کنکر پتھر کھائیں گے!
روٹی کبھی نہ پائیں گے
روٹی کبھی نہ پائیں گے
اجی روٹی کبھی نہ پائیں گے۔ ٹھینگا ٹھینگا ٹھینگا
راجہ جی پچھتائیں گے، محل کے باہر آئیں گے
کان پکڑ کر ناچیں گے۔ ناک پکڑ کر گائیں گے
تب وہ روٹی پائیں گے
تب وہ روٹی پائیں گے
اجی تب وہ روٹی پائیں گے
ہو، ہو بلّے بلّے۔ ہو ہو۔ دھڑم دھڑکا۔ دھڑم دھڑکا!

(گیت سردار جعفری نے لکھا)

گا گا کر ناچ ناچ کر بچوں نے وہ ہنگامہ کیا کہ سب سے پہلے تو رستم نے اپنے گلے میں لپٹی ہوئی موتی کی مالا توڑ کر بچوں کی طرف پھینکی پھر واسنت نے اپنے ہاتھ کے ہیرے کے کنگن اتار پھینکے۔ اور آخر میں گھنشیام نے بھی شرما کر اپنے سر سے ہیروں والا مکٹ اتار پھینکا۔

بچوں نے اسکول کا دروازہ کھول دیا۔ پھر رستم اور واسنت اور گھنشیام بھی باقی بچوں کے ساتھ شامل ہو گئے اور ناچ گا کر خوشی کی دھومیں مچانے لگے۔

یکایک اوپر آسمان پر زور کی گڑگڑاہٹ سنائی دی۔

"ہوائی جہاز۔" سونو خوشی سے چلایا اور دوڑتا ہوا گھر کے باہر چلا گیا۔ دوسرے بچے بھی "ہوائی جہاز ہوائی جہاز" چلاتے ہوئے اس کے پیچھے پیچھے گھر سے باہر نکل کر سمندر کے ساحل پر چلے گئے اور ہاتھ ہلا ہلا کر شور مچا مچا کر چلانے لگے۔

"رکو ـــــ رکو ـــــ ہوائی جہاز!"

"رک جاؤ ـــــ رک جاؤ۔"

لیکن ان کی چیخ پکار کام نہ آئی۔ ایک جہاز بھی نہیں رکا۔

واسنت نے رنجیدہ ہوکر کہا۔ "اتنے سارے ویمان آئے اور ہمارے لئے ایک بھی نہیں رکا۔!"

قاسم نے اسے سمجھایا "ویمان نہیں ہوائی جہاز!"

واسنت اپنی ضد پر اڑا رہا۔ "ہوائی جہاز نہیں ویمان!"

"یمان نہیں ہوائی جہاز!"

"ہوائی جہاز نہیں ویمان!"

رستم نے صلح صفائی کرانا چاہی۔ "ارے بابا۔ تم ایسے بولونا، ایروپلین!"

گھنشیام نے کہا "ہوائی جہاز ویمان، ایروپلین کچھ بھی بولو۔ کسی کو ہماری پروا نہیں۔"

حسنہ بولی۔ "جب ہم انہیں دیکھ سکتے ہیں تو کیا ان کے پائلٹ ہمیں نہیں دیکھ سکتے۔؟"

سدھا نے کہا۔ "ضرور دیکھ سکتے ہیں۔"

حسنہ اداسی سے بولی۔ "پھر کوئی ہماری مدد کو

کیوں نہیں آتا۔؟"

رستم نے کہا۔" اس کی ایک ہی وجہ ہو سکتی ہے۔ ـــــ ہمارا گھر!"

سدھا نے پوچھا " ہمارا گھر؟ ہمارے گھر کا اس سے کیا تعلق ہے۔؟"

رستم نے بتایا۔" یہ کہ اتنی اونچائی پر ہوائی جہاز کے پائلٹ ہماری آواز نہیں سن سکتے۔ وہ صرف ہمیں دیکھ سکتے ہیں۔ اور جانتے ہو وہ کیا دیکھتے ہیں۔؟

قاسم نے لقمہ دیا۔" وہ دیکھتے ہیں ایک ہرا بھرا ٹاپو اور ناریل کے پتوں سے بنا یا ہوا سندر سا جھونپڑا اور اس پر لہراتا ہوا ایک ترنگا جھنڈا۔"

رستم نے بات جاری رکھی " بالکل ٹھیک۔ سو وہ یہ سمجھتے ہیں یہ آباد ٹاپو ہے۔ ایک گھر دکھائی دیتا ہے تو دوسرے گھر بھی ہوں گے۔

واسنت نے کہا۔" مگر وہ سمجھتے کیوں نہیں۔ کیا وہ نہیں جانتے کہ ہم کھوئے ہوئے بچے ہیں۔؟"

رستم نے جواب دیا۔ " نہیں۔ وہ سمجھتے ہیں

ٹاپو کے بچے انہیں ہاتھ ہلا ہلا کر خوش آمدید کہتے ہیں۔ جن کا اتنا اچھا گھر ہو وہ کھوئے ہوئے کیسے ہو سکتے ہیں۔ ؟"

گھنشیام نے کہا۔ " اس کا مطلب ہے کہ ہمارا گھر ہی ہمارا دشمن ہے۔ میں کہتا ہوں۔ اس ٹاپو سے زندہ نکلنا چاہتے ہو تو اس جھونپڑے کو توڑ ڈالو۔ بولو کون چلتا ہے میرے ساتھ۔"

سب بچے چلاتے ہوئے جھونپڑے کی طرف ہاتھوں میں پتھر اور لکڑیاں اٹھائے اس کو توڑنے کے لئے بھاگے۔ سونو جھونپڑے کے آگے پہلے ہی بھاگ کر جا کھڑا ہوا۔ اس نے گھنشیام اور دوسرے بچوں کو جھونپڑا توڑنے سے روکنا چاہا۔

گھنشیام نے اسے للکارا " سونو ہٹ جاؤ سامنے سے۔ !"

سونو اڑا رہا " میں نہیں ہٹوں گا گھنشیام۔ میں نہیں ہٹوں گا۔ کیا تم پاگل ہو گئے ہو گھنشیام ؟ یہ ہمارا گھر ہے۔ یہ ہم سب نے مل کر بنایا ہے۔ میں تمہیں اسے نہیں توڑنے دوں گا۔"

گھنشیام نے غصے میں کہا۔ "سونو، تو نہیں جانتا یہ ہمارا گھر ہمارا دشمن ہے۔ آج ہم اس گھر کو توڑ کر رہیں گے ہٹ جاؤ سامنے سے!"

گھنشیام نے سونو کو دھکا دیکر زمین پر گرا دیا۔ سب بچے گھر کو توڑنے کے لئے آگے بڑھنے ہی والے تھے کہ سمندر کی طرف سے پھر کسی ہوائی جہاز کے اڑنے کی آواز آئی۔ سب بچوں نے گھوم کر دیکھا تو ایک ہیلی کاپٹر نیچا نیچا دوڑتا ہوا چلا آرہا تھا۔!

جامو چیخا "ہوائی جہاز!"

واسنت چلایا۔ "ایروپلین!"

"ایروپلین نہیں ہیلی کاپٹر۔" گھنشیام بولا۔

ہیلی کاپٹر درختوں کے اوپر سے گزرتا ہوا دوڑتا چلا گیا۔ اور بچے شور مچاتے ہی رہ گئے۔ اور گھنشیام بڑی نا امیدی سے بولا۔ "یہ بھی ہمیں چھوڑ کر چلا گیا۔

سب بچے رنجیدہ ہوکر ساحل کی ریت پر بیٹھ

گئے۔ سب کے چہرے اداس تھے اور آنکھوں میں آنسو بھر آئے تھے۔ ہولے ہولے میری نے سسکنا شروع کر دیا اتنے میں وہی ہیلی کا پٹر ٹاپو کا چکر لگا کر واپس گھوم کر آیا۔اب کے وہ پہلے سے بھی نیچا اڑ رہا تھا۔ وہ بالکل بچوں کے اوپر سے گزرا بچوں نے دیکھا کہ ہیلی کو پٹر اڑانے والے کپتان کے ساتھ ان کے اسکول کا وہ ٹیچر بھی بیٹھا ہوا ہے جو اسٹیمر میں پک نک کا انچارج تھا۔ اسے دیکھتے ہی پہچان کر بچے خوشی سے ہاتھ ہلا ہلا کر چلانے لگے۔

"سر!"

"سر!"

"سر!"

ہیلی کا پٹر نیچے اور نیچے اور نیچے اترتا ہوا آخر ساحل کی ریت پر آکے کھڑا ہو گیا۔ اور کپتان اور ٹیچر باہر نکلے۔ بچوں نے انہیں گھیر لیا۔ لڑکیاں خوشی سے رو رہی تھیں۔!

ٹیچر بولا۔ "تم لوگوں کو یہاں سے لے جانے کے لئے ہمیں کئی چکر لگانے پڑیں گے۔اس ہیلی کا پٹر میں بہت

سے بچے نہیں آسکتے۔ اس لئے پہلے لڑکیوں کے گروپ جائیں گے۔ پھر لڑکوں کے۔ تیار ہو جاؤ لڑکیو!"

سدھا نے کہا۔ "ایک منٹ ٹیچر جی۔ جانے سے پہلے ہم اپنے گھر کو سلام تو کرلیں۔ آپ بھی آئیے کپتان صاحب ہمارا گھر تو دیکھ لیجئے۔!"

بچوں نے بڑے فخر سے کپتان اور اپنے ٹیچر کو گھر دکھایا۔ سدھا بولی۔

"کیوں ٹیچر جی۔ کیسا لگا ہمارا گھر؟"

ٹیچر نے کہا۔ "بہت اچھا، بہت شان دار ہے۔ یہ گھر جو گھنشیام، رستم، سدھا، حسنہ، میری، گوپال، جامو، مس باٹلینی والا اور سونو نے مل کے بنایا ہے۔

سب بچے چلا اٹھے۔ "ہمارا گھر زندہ باد"!

ختم شد

بچوں کا ایک دلچسپ اور مہماتی ناول

دوسرا زینہ

مصنف: سراج انور

بین الاقوامی ایڈیشن شائع ہو چکا ہے